W0179270

Märchen von der Erde. Als geheime Urkraft des Lebens, als fruchttragende Gebärerin wurde die Erde einst als heilig verehrt. Von den vier Urelementen, die in dem kleinen Märchenband-Zyklus innerhalb der Märchenreihe des Fischer Taschenbuch Verlages behandelt werden (›Märchen vom Wasser‹, ›Märchen vom Feuer‹), sind die Mythen und Märchen, die sich um die Erde ranken, uns Heutigen vielleicht noch am ehesten präsent. Hexenfiguren und weise Frauen, die Schicksalsgöttinnen oder die hochkomplexe Märchengestalt der Frau Holle sind in den Volksglauben abgesunkene Ausformungen der archaischen Muttergottheit schlechthin, der »Großen Göttin«, »Magna Mater«, »Mutter Erde«, die es bei allen Völkern auf der ganzen Welt gab.

Märchen, die diese Aspekte widerspiegeln, bilden den ersten Teil dieses Bandes. Die Erde als selbsttätige Kraft, also mit ihrer heilenden (Kräuter, Brunnen), verderbenbringenden oder schützenden Wirkung, wird ausführlich behandelt. Außerdem gibt es viele Märchenbeispiele zu den der Erde zugeordneten Erdgeistern (Zwerge, Erdmännlein) und Erdtieren (Kuh, Kröte, Schlange, Spinne).

In ihrem Nachwort geht die Herausgeberin auf die vielfältigen Bezüge von Mythen und Märchen ein. Die Märchenbände von den Urelementen sind auch deshalb so interessant, weil sie ungemein facettenreich Urbilder von Mythos und Religion, von unseren Grundvorstellungen vom Leben schlechthin enthalten.

Barbara Stamer, 1945 in Korntal bei Stuttgart geboren, studierte an der Universität Tübingen Anglistik und Germanistik. Nach einem Aufenthalt in England und in den USA trat sie in den höheren Schuldienst ein und ist heute Gymnasialrätin. Sie lebt mit ihrer Familie bei Tübingen. Neben den Bänden über die »Urelemente« Wasser (Fischer Taschenbuch Bd. 12810), Feuer (Bd. 13183), Luft (Bd. 14129, erscheint 1998), hat Barbara Stamer auch den erfolgreichen Band ›Märchen von Katzen‹ (Bd. 12546) herausgegeben.

Märchen von der Erde

❖ ❖ ❖ ❖

Herausgegeben und mit einem
Nachwort von Barbara Stamer

Mit Originalscherenschnitten
von Hedwig Goller

Fischer
Taschenbuch
Verlag

Originalausgabe
Veröffentlicht im Fischer Taschenbuch Verlag GmbH,
Frankfurt am Main, Februar 1998

Umschlaggestaltung: Thomas & Thomas Design, Heidesheim
Gesamtherstellung: Clausen & Bosse, Leck
Printed in Germany
ISBN 3-596-13675-X

Inhalt

✦ ✦ ✦ ✦

Die Erde als Große Göttin

Erdgeister

Die Erde als selbsttätige Kraft

Erdtiere

Für Uwe und Carmen

Die Erde als Große Göttin

·▒· ·▒· ·▒· ·▒·

Das Märchen personifiziert die Erdmutter, die »terra mater«. Als Herrin über Himmel und Erde, als Regentin der Unterwelt und als Ursprung und Schöpferin allen Lebens tritt sie uns im Märchen gegenüber.
Sie ist die geheimnisvolle Frau, die in einer Höhle schon viele Tausende von Jahren schläft und dennoch das Schicksal des Menschen kennt. Sie ist die Schicksals- und Lebensgöttin, denn sie schenkt Fruchtbarkeit durch ihre Gaben.

»Die Große Göttin«

Die Bienenfrau in der Höhle

·❋· ·❋· ·❋· ·❋·

Vor langer, langer Zeit lebten einmal ein Mann und eine Frau, die hatten alles, was sie zum Leben brauchten, aber sie waren doch nicht glücklich, denn es fehlte ihnen, was sie sich am meisten wünschten, Kinder. Sie hatten nach und nach alles versucht, was zu Kindersegen verhelfen sollte, hatten Wallfahrten gemacht und Ärzte befragt, aber niemand konnte helfen, und der Schoß der Frau blieb verschlossen. Da gaben sie langsam die Hoffnung auf, ihre Wiege in Gebrauch zu nehmen, und lebten ihr Leben dahin, so gut es eben ging.

Eines Abends, als sie wie gewohnt beisammensaßen und sich von ihrem Tagwerk ausruhten, klopfte es an die Tür.

»Wer ist da?«

»Ein armer Bettler. Habt ihr wohl zu essen?«

»Essen gibt es hier.«

»Und könntest ihr mich wohl auch über Nacht behalten?«

»Freilich! Du kannst bleiben, setz dich nur einstweilen an den Herd!«

Und die Frau ging und kochte ihm Suppe, Fleisch und Gemüse.

Während er aß, fragte der arme Mann: »Wie kommt es, daß ihr so ganz allein seid?«

»Gott gab uns keine Kinder.«

Da schüttelte der Alte den Kopf und meinte, es gebe doch für alles einen Rat, und es müsse doch auch dafür ein Mittel geben. Sie hätten schon alles ausprobiert, entgegneten Mann und Frau. »So laßt uns darüber schlafen«, sagte der Bettler, »kann sein, daß wir morgen klüger sind als heute.«

Am andern Morgen nach dem Frühstück nahm der Alte den Mann beiseite und sprach: »Mir ist heute nacht ein guter Gedanke gekommen. Wenn du es so machst, wie ich dir sage, werdet ihr sicher Kinder haben. Merke also auf: Wenn du gegen das Gebirge gehst, kommst du in einen großen Wald. Durch den gehst du hindurch, dann siehst du einen hohen Berg, dort steigst du hinauf. Auf halber Höhe aber liegt eine Höhle, aus der fließt eine Quelle. In die Höhle gehst du hinein; du mußt aber ein Gefäß mit Honig und einen Wachsstock mitnehmen, sonst töten dich die Bienen, die in der Höhle sind. Drinnen findest du eine Frau, die hat dreierlei Haare: schwarze, rote und weiße. Wecke die Frau – sie schläft schon viele tausend Jahre in der Höhle. Sie wird dir bestimmt helfen können.«

Da bedankte sich der Mann bei dem Alten, füllte ein Gefäß mit Honig, nahm einen Wachsstock und machte sich auf den Weg. Er mußte einige Tage wandern, endlich kam er zu dem Berg, stieg hinauf: richtig! Da war eine große Höhle, und aus der floß eine Quelle. Der Mann schaute hinein, da sah er eine Frau, die lag wie tot da und war ganz von Bienen bedeckt.

Schnell stellte er den Honig und das Wachs an den Eingang der Höhle, da kamen auch schon die Bienen angeflogen. Sie summten zornig, weil sie in ihrer Ruhe gestört waren. Aber als sie den Honig und das Wachs sahen, machten sie sich darüber her und ließen unsern Mann in Frieden. Der ging behutsam in die Höhle hinein und berührte die Frau. Da schlug sie die Augen auf, besah ernst und eindringlich den Mann und sagte: »Ich weiß schon, was du willst. Und da du ein guter Mensch bist und meinen Bienen Honig und Wachs gebracht hast, sollst du haben, was du wünschest. Hier gebe ich dir einen Apfel und eine Birne, wenn deine Frau den Apfel ißt, wird sie einen Sohn gebären, verspeist sie jedoch die Birne, so wird sie ein Mädchen bekommen. Nun zupfe mir noch ein Haar aus jeder meiner Strähnen: ein schwarzes, ein rotes und ein weißes. Das schenke ich deinem ältesten Kind zum Angebinde. Es soll die Haare als Kette tragen, so wird es Glück haben.«

Der Mann bedankte sich, raufte die drei Haare aus, je ein schwarzes, ein rotes und ein weißes, und kehrte nach Hause zurück.

»Du bist aber lange ausgeblieben«, sagte seine Gattin. »Was bringst du da Schönes?«

»Hier ist ein Apfel, wenn du den ißt, wirst du einen Sohn gebären; und hier ist eine Birne, wenn du die verspeist, bekommst du eine Tochter.«

»Ach, das wird so wenig helfen wie alles andere! Aber ich habe schon lange keine Birne mehr geschmeckt, gib sie mir, so will ich sie gleich essen.« Da gab ihr der Mann die Birne, die aß sie auf der Stelle. Den Apfel aber hoben sie auf.

Nun, ihr werdet es nicht glauben, nach neun Monaten bekam die Frau ein Mädchen, das war wunderhübsch. Die Eltern freuten sich ungemein und nannten das Mädchen Catalina. Das Mädchen wuchs sehr schnell und wurde von Tag zu Tag schöner. Als es einige Jahre alt war, fand die Mutter eines Tages den Apfel, und da sie sich nicht mehr an die ganze Geschichte erinnerte, aß sie ihn. Nach Ablauf der Zeit gebar sie einen Knaben, den nannte man Joan. Catalina freute sich über das kleine Brüderchen und spielte gern mit ihm. Die Eltern aber waren glücklich und stolz. So hatte die Bienenfrau, die schon viele tausend Jahre in der Höhle schlief, der unfruchtbaren Frau dennoch Kindersegen beschert.

[Märchen aus Spanien]

Der Eispalast der Dòna Kenìna

⁕ ⁕ ⁕ ⁕

Als Tjan-Bolpín aus dem Schloß vertrieben worden war, irrte er lange herum und kam schließlich zu einer alten Bäuerin, die ihn aufnahm und pflegte. Im nächsten Jahr konnte sie ihn schon als Ziegenhirten gebrauchen, und so ging nun Tjan-Bolpín jeden Tag mit seinen Ziegen in den Wald. Tjan-Bolpín wuchs heran und wurde groß und stark; er kletterte auch gut und holte manche Ziege, die sich verstiegen hatte, ohne Scheu von den Felsen herunter.

Nach einiger Zeit geschah es, daß man einen Schafhirten benötigte, und wie ehedem sein Vater, so wurde nun Tjan-Bolpín für diesen Dienst bestellt: »Heuer führen wir die Schafe unter den Sass des Salëi und in das Lastìes-Tal; der Schnee ist schon weggeschmolzen – geh hinauf, und schau dir das Gebiet gut an; dann komm wieder zu mir, und ich werde dich anstellen.«

Am nächsten Morgen wanderte Tjan-Bolpín längs des Antermónt-Baches bergauf und hielt eine kurze Rast in Mortíz, wo er Freunde hatte; dann ging er weiter bis zum Waldrand, über welchem die furchtbaren Wände des Sass de Salëi senkrecht in den Himmel starren. Tjan-Bolpín schaute ein Zeitlang zu diesen Felsen hinauf. Mitten in der riesigen Wand war ein Widòr (ein kleiner gartenähnlicher Anger), der ganz unzugänglich zu sein schien. Plötzlich zeigte sich auf dem Anger ein blaugekleidetes Mädchen; es trug einen Haufen Wäsche und breitete die einzelnen Stücke auf dem Gras aus. Dann verschwand es wieder; offenbar war es durch eine Kluft in den Berg zurückgekehrt.

Tjan-Bolpín hatte diesen Vorgang mit außerordentlicher

14

Spannung beobachtet. Nun erfaßte ihn ein unbezwingliches Verlangen, jene Behausung in den Felsen zu besuchen und ihre Bewohner kennenzulernen. Er machte sich sofort ans Werk, und nach siebenstündiger äußerst schwieriger Kletterei hatte er den Rand des Angers erreicht. Da bemerkte er mit Staunen, daß der Anger viel größer und schöner war, als man von unten zu ahnen vermochte; mehrere Gänge mit kunstvoll gewölbten Toren führten in den Berg hinein. Ein ganzer Palast schien sich da zu verbergen. Und das alles hing in schwindelnder Höhe an der ungeheuren, senkrechten Wand.

Während Tjan-Bolpín so herumschaute, war auf einmal wieder das blaugekleidete Mädchen da; es schien sehr verwundert zu sein und fragte ihn, wie er denn da heraufgekommen sei und was er da mache.

»Ich bin an den Felsen heraufgeklettert«, versetzte Tjan-Bolpín, »und es freut mich sehr, Eure Behausung gesehen zu haben, denn ich finde sie ausnehmend schön.«

Das Mächen wollte nun wissen, was er für ein Mensch sei.

»Ich bin eine Hirte«, entgegnete Tjan-Bolpín.

»Laßt Eure Hand anschauen«, sagte sie.

Er hielt ihr die Rechte hin. Sie nahm sie und betrachtete sie genau. Dabei schien sie in großes Erstaunen zu geraten.

»Noch nie habe ich eine Hand gesehen wir die Eure«, bemerkte sie. Und sie deutete auf seine Handfläche, wobei sie weiterredete:

»Diese Hand ist voller Gegensätze – hier habt Ihr eine Fuchslinie und hier eine Hundelinie; hier habt Ihr aber auch eine Prinzenlinie – und hier«, sie stockte einen Augenblick vor Überraschung, »hier habt Ihr gar eine Sonnenlinie! Ihr ahnt es nicht, was Ihr für ein Glückskind seid! Gleich werde ich Dòna Kenìna rufen.«

»Wer ist Dòna Kenìna?« fragte Tjan-Bolpín.

»Dòna Kenìna ist die Herrin dieses Palastes und des ganzen Berges«, entgegnete das Mädchen, »sie will niemanden sehen, doch sagte sie, ich solle sie rufen, wenn einmal ein Mann käme, der die Sonnenlinie trüge, denn der Mann mit der Sonnenlinie sei ihr zum Gemahl bestimmt.«

Darob geriet nun Tjan-Bolpìn in sichtliche Verwunderung. Das Mädchen bemerkte es und fuhr fort: »Ihr werden Euch noch viel mehr wundern, wenn Ihr erst Dòna Kenìna vor Euch erblickt, denn es ist die schönste Frau weit und breit durch viele Länder.«

Nun entfernte sich das Mädchen, um die Herrin zu rufen. Als diese aber erschien, verschlug es dem Hirten die Rede; so unvergleichlich und überwältigend war der Anblick von Dòna Kenìna. Sie lächelte, als sie die Verlegenheit von Tjan-Bolpìn erkannte; zugleich gab sie ihm die Hand, führte ihn in den Palast und lud ihn ein dazubleiben.

In dem Palast von Dòna Kenìna waren viele Merkwürdigkeiten zu sehen. Am seltsamsten, aber auch am schönsten, erschienen Tjan-Bolpìn die großen silbernen Behälter, die überall herumstanden und mit Erde gefüllt waren; aus diesen Behältern sprossen Blumen von einer Größe und Farbenpracht, wie sie Tjan-Bolpín noch nirgends kennengelernt hatte. Sonderbar waren auch die vielen runden Öffnungen in den Zimmerdecken und Gewölben, die gar keinen Sinn und Zweck zu haben schienen; jedenfalls vermochte Tjan-Bolpín nicht zu erkennen, wozu diese Öffnungen dienen sollten. Schaute man durch eine solche Öffnung in die Höhe, so erblickte man ganz oben am Gipfel des Berges die vereisten Felsen und darüber den blauen Himmel. Tjan-Bolpín dachte, wenn sich einmal Wind erhöbe, würde er durch den ganzen Palast hindurchwehen wie durch einen Rauchfang; aber seltsamerweise war es immer windstill.

Eines Tages wurde die Hochzeit von Tjan-Bolpín und Dòna Kenìna gefeiert. Wenn es meine Bekannten wüßten, dachte Tjan-Bolpín, wie würden sie mich beneiden. In der Folgezeit saß er oft stundenlang draußen auf dem Anger und schaute hinunter in das waldverdunkelte Tal von Mortíz und auf die grüne Flur von Canazei; eine unklare Erinnerung war ihm auch an die Zeit der Gefangenschaft im Hundezwinger und an den Tod seiner Mutter geblieben. Nun fühlte er sich dem Elend entronnen und pries den Tag, an dem er den Weg zu Dòna Kenìna gefunden hatte. So lebte er lange herrlich und in Freuden.

Eines Nachts hatte Tjan-Bolpín einen sonderbaren Traum; er glaubte, von einer Lawine erdrückt zu werden; plötzlich teilte sich die Lawine, Dòna Kenìna stand vor ihm und zog ihn an der Hand aus dem Schnee; der Schnee aber bedeckte sich alsbald mit den herrlichsten Blumen, ähnlich jenen, die aus den silbernen Behältern wuchsen. Am Morgen erzählte Tjan-Bolpín diesen Traum seiner Gattin, und weil er wußte, daß sie sehr verständig war, so meinte er, sie könne vielleicht den Sinn des Traumes deuten. Aber Dòna Kenìna erwiderte schnell mit einem gewissen Unmut:

»Du warst zu leicht zugedeckt und hast gefroren; das darf nicht wieder geschehen, sonst wirst du krank.«

Es dauerte nicht lange, da hatte Tjan-Bolpín wieder einen ähnlichen Traum von Schnee und Kälte, und es fror ihn derartig, daß er erwachte. Der Vollmond erhellte das Gemach, und in diesem Licht sah nun Tjan-Bolpín etwas ganz Merkwürdiges: Das Bett, in dem er lag, und ebenso jenes seiner Frau bestand aus frischem, kaltem Schnee. Tjan-Bolpín betastete, nicht ohne ein gewisses Grauen, den frostigen Schneehaufen und wollte herausfahren. Aber plötzlich erwachte auch Dòna Kenìna, hielt ihm schleunigst eine Hand vor die Augen und sagte: »Schlaf, Männchen, schlaf!«

Augenblicklich sank er zurück und verfiel in einen tiefen, bleiernen Schlaf.

Es war schon sonnenheller Morgen, als Tjan-Bolpín wieder wach wurde. Sofort begann er mit seiner Gattin über den nächtlichen Vorfall zu sprechen. Aber Dòna Kenìna lachte ihn aus und wollte ihn glauben machen, daß er das alles nur geträumt habe. Da ahnte Tjan-Bolpín, es müsse in dem Palast von Dòna Kenìna allerlei Geheimnisse geben, die sie ihm zu verbergen trachte, und er nahm sich vor, künftig nichts mehr zu sagen, sondern nur zu beobachten und sich selbst seine Gedanken zu machen.

Darüber verstrich geraume Zeit.

Aber in einer Vollmondnacht kam die furchtbare Kälte wieder. Tjan-Bolpín erwachte und fand sich abermals in einem Schneehaufen. Diesmal versucht er leise herauszukriechen. Dabei schaute er in dem Gemache umher und bemerkte, daß auch die großen silbernen Blumenbehälter mit Eis und Schnee gefüllt waren. Plötzlich erhob sich ein mächtiges Brausen, das immer mehr anschwoll und den ganzen Palast erzittern ließ. Doch da erwachte auch Dòna Kenìna und wiederum sprach sie dieselben Worte und wiederum fühlte sich Tjan-Bolpín von schwerem Schlafe überwältigt.

Am nächsten Morgen aber zeigte sich alles unverändert: Das Gemach war ruhig und warm, und in den silbernen Behältern blühten die schönen, bunten Blumen. Tjan-Bolpín sagte kein Wort, doch er fühlte sich seit jener Zeit in dem prunkvollen Palast nicht mehr recht wohl. So kam es, daß Erinnerungen und Wünsche in ihm auflebten, an die er schon lange nicht gedacht hatte.

An einem schönen Abend, als drüben auf der Pordòi-Wand die letzten Lichter lohten, sagte Tjan-Bolpín zu seiner Gattin, daß er gerne wieder einmal nach Mortíz und Canazei hinabgehen möchte, um seine Freunde zu besuchen. Dòna Kenìna schien davon sehr peinlich überrascht zu sein, und sie bemühte sich alsbald, ihm diesen Gedanken auszureden. Das gelang ihr auch anfangs. Aber Tjan-Bolpín kam wieder darauf zurück. Als Dòna Kenìna eingesehen hatte, daß sie ihn ziehen lassen müsse, da ergriff sie seine Hand und sprach zu ihm:

»Ich weiß schon, warum du verstimmt bist; es mißfällt dir, daß ich dir keinen Aufschluß über die Geheimnisse gebe, die du hier bemerkt hast; aber glaube mir, wenn ich dich im unklaren ließ, so geschah es nur aus Liebe zu dir; die Geheimnisse in meinem Hause hier sind sehr einfacher Art; ich aber freute mich so sehr über dein Staunen und über deine Unbefangenheit; weißt du erst einmal, wie selbstverständlich diese vermeintlichen Geheimnisse sind, so wirst du dich ernüchtert fühlen, und davor wollte ich dich bewahren... Was nun deinen Gang ins Tal anbetrifft, so lasse ich dich gehen, wenn du durchaus willst, ich muß dir aber sagen, daß du wenig Freude daran haben wirst, denn deine Altersgenossen sind längst alle tot.«

Tjan-Bolpín machte ein erschrecktes Gesicht, und Dòna Kenìna fuhr fort: »Sie sind alle tot, denn du bist schon viel länger hier bei mir, als du denkst.«

Da bemerkte Tjan-Bolpín: »Ich kam zu Beginn des Sommers, und es ist noch immer Sommer, also kann ich höchstens zwei Monate lang hier sein.«

»Du irrst dich, mein Lieber!« versetzte Dòna Kenìna, »denn jede Nacht, die du hier verbracht hast, zählt für ein Jahr; wir schlafen stets neun Monde lang und sind nur im Sommer wach, darum scheint es dir immer Sommer zu sein.«

Tjan-Bolpín erstaunte und dachte an den Schnee, den er nachts gesehen hatte; er bat aber Dòna Kenìna, ihn dennoch den Gang ins Tal machen zu lassen.

»Geh nur«, sagte sie, »wenn du so großes Verlangen danach hast, und nimm diesen Ring.«

Sie gab ihm einen Ring und bemerkte noch: »Sollte dich irgendein Zauber bedrohen oder solltest du den Weg zu

mir nicht zurückfinden können, so wirf diesen Ring in die Luft, und ich werde sofort an deiner Seite sein.«
Mit diesen Worten entließ sie ihn.

Als Tjan-Bolpín ins Tal kam, wurde ihm bald klar, daß Dòna Kenìna die volle Wahrheit gesprochen hatte. Viele Veränderungen zeigten sich, neue Häuser waren entstanden, von seinen Freunden konnte er nicht einen einzigen mehr finden, und die Lebenden kannten ihn nicht. Nur ein Großmütterchen sagte, sie habe in ihrer Jugend wiederholt von alten Leuten erzählen gehört, ein Hirte namens Tjan-Bolpín sei einst im Frühsommer auf den Berg hinaufgegangen und nie wieder zurückgekehrt; man habe ihn auch gesucht, aber ganz vergeblich. Das war die einzige Erinnerung, die sich erhalten hatte. Tjan-Bolpín fühlte sich als Fremdling, und er sah ein, daß es für ihn das beste wäre, unverzüglich zu Dòna Kenìna zurückzukehren. Er machte sich daher auf den Weg nach Mortíz. Es war aber gerade Feiertag, und so hatten sich in Mortíz viele junge Leute zusammengefunden: meist Mäher und Recherinnen, die auf den benachbarten Bergwiesen die Heuarbeit erledigten.
Als sie Tjan-Bolpín vorübergehen sahen, riefen sie ihm zu, er möge doch zu ihnen kommen und in ihrer Gesellschaft den Nachmittag verbringen. Tjan-Bolpín tat das und unterhielt sich mit ihnen einige Stunden lang. Es entstand um ihn herum ein Kreis von jungen Männern, und sie fingen an, von schönen Frauen zu sprechen. Wer aber eine Braut hatte oder jung verheiratet war, der behauptete, seine Auserwählte sei die schönste im ganzen Tal. Darüber kam es zu einem lebhaften Meinungsaustausch. Einige schlugen vor, man solle einen Schönheitswettbewerb veranstalten, nämlich die Bräute und jungen Frauen herbeirufen und dann entscheiden, welche die schönste sei. Und schon fingen andere an, Wetten abzu-

schließen. Tjan-Bolpín hatte eine Zeitlang schweigend zugehört, nun aber wollte er sich entfernen. Da faßte ihn einer am Arm und meinte, er solle doch bleiben und mitwetten. Als er sah, daß Tjan-Bolpín nicht mochte, frug er ihn, ob er keine Braut habe. Auf Tjan-Bolpíns Antwort, daß er längst verheiratet sei, entstand Verwunderung.

»So jung und schon verheiratet«, hieß es. Man wollte wissen, wo er seine Frau habe.

»Oben auf dem Berg«, erwiderte Tjan-Bolpín. Und er wies hinauf zum Sass de Salëi.

»So hole sie doch!« riefen mehrere.

»Nein, nein, das tue ich nicht!« versetzte Tjan-Bolpín.

Da sprach plötzlich jemand im Hintergrund mit höhnischer Stimme: »Er wird schon wissen, warum!«

Ob dieser boshaften Bemerkung lachten alle ringsumher. Tjan-Bolpín aber machte eine abweisende Bewegung und sagte mit Geringschätzung:

»Ihr Armseligen! Seid froh, wenn meine Frau nicht kommt, denn da wären eure Wetten ohne Ausnahme verunglückt.«

Diese Worte riefen allgemeine Empörung hervor, besonders bei den anwesenden Mädchen. Man schrie durcheinander, nannte Tjan-Bolpín einen unverschämten Prahlhans und reizte ihn so lange, bis er seine anfängliche Ruhe verlor. So kam es, daß er plötzlich den Ring vom Finger zog und in die Luft warf.

Die Wirkung war verblüffend, denn augenblicklich stand Dòna Kenìna in ihrer strahlenden Schönheit an seiner Seite. Alle starrten sie an, alle vergaßen ihre Wetten, und alle verstummten.

Dòna Kenìna aber schien sehr ungehalten zu sein, denn sie sprach zu Tjan-Bolpín: »Wenn du solchen Unfug treibst und mich rufst, um mich zur Schau zu stellen, so werde ich dir den Ring wegnehmen!«

Das tat sie auch wirklich und entfernte sich. Tjan-Bolpín eilte ihr nach und wollte sie besänftigen. Aber sie entschwand bald seinen Blicken. Er stieg nun langsam bergan, erreichte den Fuß des Sass de Salëi und gedachte an der Wand hinaufzuklettern, wie er es das erstemal getan hatte. Doch es wollte ihm nicht gelingen, und bei Anbruch der Nacht war er noch nicht über Baumeshöhe hinausgekommen. Er stieg ab und verbrachte die Nacht in einem Tobià (einer Heuhütte), um am nächsten Morgen den Kletterversuch zu wiederholen. Aber was er auch tat und wie oft er auch von verschiedenen Stellen die Felsen anging, es war ihm nicht mehr möglich, den Palast von Dòna Kenìna zu erreichen.

Als Tjan-Bolpín erkannt hatte, daß alle seine Bemühungen vergeblich seien, wanderte er in den Wäldern und auf den Hochweiden der Umgebung herum, stets von der Hoffnung beseelt, irgendein Wesen zu finden, das ihm sagen würde, wie er zu Dòna Kenìna wieder zurückgelangen könnte.

Bei Sturm und Nebel traf er eines Abends drei wilde Gestalten, die »Tarluyères«, Feuergeister, die, wenn sie das Feuer schleudern, auf dem Snigolà, einem Zaubermantel, durch die Luft fliegen.

Es gelang ihm, den Snigolà zu stehlen, er hing ihn sich um, und schon ging es in sausender Fahrt durch die Luft. Überall konnte er mit dem Zaubermantel hinfliegen, da er aber den Namen des Eispalastes der Dòna Kenìna nicht kannte, fand er den Weg dorthin nicht. Neun Monde waren vergangen, und er hatte große Sehnsucht nach Dòna Kenìna.

In dunklen Felsenklüften traf er eines Tages das kluge Völkchen der »Morkyes«, sie zeigten ihm den Weg zu dem Sturmriesen, der im Frühjahr immer zum Palast der Dòna Kenìna fliege, den man aber nur hoch oben in den schroffen Felsenwänden in tobendem Gewitter finden könne.

Die Nacht brach herein, das Gewitter war furchtbar, es donnerte ringsum in den Felsen. Tjan-Bolpín ließ sich jedoch nicht abhalten, schnell stieg er bergan und kletterte auf den Felsen, den die »Morkyes« ihm genannt hatten. Überall troff der Regen herab, der Sturm brauste, und tiefe Dunkelheit umgab den Berg. So gelangte er an eine senkrechte Kante, um welche der Sturm brauste. Hier konnte er nicht mehr weiter. Viele Wolken trieben vorbei, verbargen den Mond und schleuderten Hagel gegen die Felsen. Erst bei grauendem Morgen wurde es besser; es war hier die sogenannte Costa dal Vent (das heißt Windecke), eine hochgelegene Stelle an der Stirnseite des Sass de Pordòi. Als Tjan-Bolpín weiterkletterte, geriet er bald in eine »Ghèba«, eine dichte Wolkenbank, die an der windgeschützten Seite der Felskante hing. Hier fand er mitten im Gelände eine hölzerne Tür – sehr groß und ungeschlacht, aus abgebrochenen Baumstämmen zusammengefügt. Nur mit äußerster Anstrengung vermochte Tjan-Bolpín diese schwere Türe zu öffnen; da sah er eine geräumige Höhle, und in der Höhle stand eine Riesin. Sie machte gerade Feuer auf dem Herd und blies hinein, daß die Funken stoben. Als Tjan-Bolpín so unvermutet eintrat, wandte sich die Riesin um, starrte ihn an und rief: »Was willst du hier, kleiner Mensch? – Wenn mein Mann kommt und dich hier findet, so reißt er dich in Stücke!«

»Wer ist dein Mann?« fragte Tjan-Bolpín.

»Mein Mann ist der Sturmriese«, sagte das Weib, »er hat heute die ganze Nacht schwer gearbeitet und wird gleich kommen.«

Sie hatte kaum diese Worte gesprochen, da hörte man auch schon ein heftiges Brausen, das allmählich näher kam.

»Schnell, schnell verstecke dich!« rief die Frau. Tjan-Bolpín befolgte den Rat und stellte sich hinter den Holzstoß; die Frau aber hing noch Tücher auf, um ihn ganz zu verbergen.

Gleich darauf trat der Riese in die Höhle. Sogleich schaute er sich um und fragte argwöhnisch:

»Da riecht es nach Menschenfleisch; war ein Mensch hier, oder hast du einen versteckt?«

Und weil die Frau nicht mit der Sprache herausrücken wollte, so fing er an, in der Höhle herumzusuchen. Als Tjan-Bolpín das bemerkte, sprang er heraus und stellte sich vor den Riesen hin. Dieser grinste ihn an. Tjan-Bolpín aber sprach: »Ich weiß, daß du der Sturmriese bist, und weil ich auch gerne bei Hochgewitter, bei Schnee und Hagel draußen bin, so möchte ich als Gehilfe in deine Dienste treten.«

Ob dieses Anerbietens begann der Riese laut zu lachen. Dann sagte er geringschätzig: »Du willst in meine Dienste treten, du elendes Menschlein! So wisse denn: Wer mit mir arbeiten will, der muß vor allem fliegen können.«

»Ich fliege besser als ein Vogel«, erwiderte Tjan-Bolpín.

»Wenn dem so ist«, versetzte der Riese, »werde ich dich gleich mitnehmen. Die nächste Fahrt mache ich zum Palast von Dòna Kenìna.«

Als Tjan-Bolpín diese Worte hörte, gab es ihm einen Riß; doch seine anfängliche Freude verwandelte sich schnell in Bestürzung, denn der Riese fügte hinzu: »Zu dieser Fahrt kann ich jedoch meinen Gehilfen nicht mitnehmen.«

»Warum nicht?« fragte die Frau.

»Weil Dòna Kenìna mir ausdrücklich gesagt hat, daß sie Ruhe wünsche und so wenig als möglich fremde Leute in ihrem Palast sehen wolle.«

Die Frau fragte nun weiter, was das denn für Arbeit sei, die in dem Palaste von Dòna Kenìna besorgt werden müsse.

»Dort gibt es viel Arbeit«, entgegnete der Riese, »denn wenn ich dorthin komme, ist der ganze Palast voll Eis und Schnee; ich aber muß dafür sorgen, daß alles auftaut, daß die Schmelzwässer abrinnen und daß der Palast wieder sauber und trocken wird.«

Tjan-Bolpín hätte auch gerne etwas gefragt, doch schien ihm, daß es besser sei, einstweilen zuzuwarten. Der Riese aber meinte, nun wollten sie schlafen gehen, und er wies auch dem Gehilfen ein Plätzchen im Hintergrund der Höhle an, wo er sich ausruhen könne. Tjan-Bolpín legte sich nieder und schlief nach einiger Zeit ein. Als er erwachte, stand die Riesin mit einer Fackel vor ihm und flüsterte ihm zu:

»Steh gleich auf und mach dich flugbereit; mein Mann ist im Begriff, zu Dòna Kenìna zu fliegen; häng dich an seine Ferse, da merkt er nichts und nimmt dich mit; wenn ihr dann zurückkehrt, erzählst du mir, was du auf dieser Fahrt gesehen hast.«

Tjan-Bolpín ließ sich das nicht zweimal sagen; er sprang auf, hüllte sich in den Snigolà und schlich zur Tür, ohne von dem Riesen bemerkt zu werden. Als nun auch der Riese zur Tür kam, um die Fahrt anzutreten, hing sich Tjan-Bolpín an seine Ferse und flog mit. Es dauerte nur eine kurze Weile, da landeten sie auch schon auf dem Grasanger vor dem Palast von Dòna Kenìna. Der Riese ging alsbald durch eines der Tore hinein, und Tjan-Bolpín folgte ihm vorsichtig nach. Der Palast war voll Schnee, und in allen Räumen herrschte eine grimmige Kälte. Tjan-Bolpín bahnte sich mühsam einen Weg durch den Schnee und wanderte von Gemach zu Gemach, bis er endlich jenes erreichte, in welchem Dòna Kenìna schlief. Da verbarg er sich und wartete den Morgen ab.

Nach einiger Zeit nahm die Kälte ab; ein warmer Wind begann zu wehen; er wuchs allmählich zum Sturm an und fegte so stark durch den ganzen Palast, daß überall der Schnee aufgewirbelt wurde und zu tauen anfing. Es währte nicht lange, so sammelten sich Schmelzwässer, die allenthalben durch die Öffnungen in den Estrichen hinabstürzten und ein ungeheures Rauschen und Brausen verbreiteten. Der warme Wind aber wehte weiter, bis endlich der ganze Palast von dem Schnee gesäubert und in allen Räumen wieder trockengelegt war. Und siehe da – nun begannen auch in den silbernen Behältern die schönen Blumen zu sprießen und sich zu entfalten.

Es war inzwischen Morgen geworden, der Wind legte sich, und alle Räume wurden so ruhig und angenehm, wie sie es immer gewesen waren, wenn Tjan-Bolpín am Morgen erwachte – damals in jener glücklichen Zeit, als er noch nicht auf den Gedanken gekommen war, der ihm jetzt unbegreiflich schien, auf den Gedanken nämlich, von Dòna Kenìna fortzugehen.

So dachte Tjan-Bolpín; dann fiel ihm ein, daß Dòna Kenìna nun bald erwachen müßte. Darum holte er einen von den silbernen Blumenbehältern herbei, stellte ihn vor ihr Bett und verbarg sich wieder. Plötzlich erwachte Dòna Kenìna, schaute sich um und gewahrte die Blumen, die vor ihrem Bett standen. Da sprach sie halblaut vor sich hin: »Wer mag mir nur diese Blumen hingestellt haben? Es sind jene Blumen, die Tjan-Bolpín immer für die schönsten hielt; merkwürdig, mir ist fast so zu Mute, als ob Tjan-Bolpín in der Nähe wäre. Armer Tjan-Bolpín, wie mag es ihm ergehen? Hart habe ich ihn behandelt, und er hatte mir doch nur ein einziges Mal etwas angestellt, eigentlich war es nicht einmal arg, die Männer sind ja doch alle mehr oder weniger schlimm! Das geht nicht so weiter: Ich muß Tjan-Bolpín wieder holen lassen, allein vermag er den Weg hierher auf keinen Fall zu finden!«

Als Tjan-Bolpín diese Worte vernommen hatte, sprang er aus seinem Verstecke hervor, eilte zu Dòna Kenìna hin und rief: »Da bin ich, und den Weg zu dir habe ich allein gefunden!«

Sie aber nahm ihn freudig auf, und es war alles wieder gut.

[Märchen aus den Dolomiten]

Die Erde will das Ihre haben

⋅❋⋅ ⋅❋⋅ ⋅❋⋅ ⋅❋⋅

Es war einmal eine Witwe, die hatte einen Sohn. Der Junge wuchs auf und sah, daß alle um ihn, er allein ausgenommen, einen Vater hatten. »Mutter«, fragte er eines Tages, »warum haben alle anderen Jungen einen Vater und ich nicht?«

»Weil dein Vater gestorben ist«, antwortete die Mutter.

»Also kommt er nie mehr?«

»Nein, Kind, dein Vater kommt nicht mehr, aber wir gehen zu ihm. Niemand kann dem Tod ausweichen, auch wir müssen sterben und in die Erde hinein.«

»Ich habe Gott nicht um mein Leben gebeten«, antwortete der Junge, »und wenn er es mir einmal gegeben hat, warum nimmt er es mir dann wieder. Ich will einen Ort aufsuchen, wo es keinen Tod gibt.«

Seine Mutter wollte ihn freilich daran hindern, daß er in der weiten Welt umherlief, um einen solchen Ort zu suchen, aber umsonst. Der Junge machte sich auf die Wanderschaft. Die ganze Welt durchwanderte er, aber wo er auch hinkam und fragte: »Gibt es auch hier einen Tod?« überall wurde ihm dieselbe Antwort zuteil: »Ja, ja.« Schon war er zwanzig Jahre alt geworden, aber den Ort der Unsterblichkeit hatte er immer noch nicht gefunden.

Eines Tages ging er über Feld und sah plötzlich vor sich einen Hirsch, dessen vielverzweigtes Geweih sich in den Wolken verlor. Dem Jüngling gefiel das Geweih des Hirsches ungemein; er näherte sich diesem und sagte: »Ich beschwöre dich beim Schöpfer der Welt, sage mir, gibt es einen Ort, wo der Tod nicht hinkommt?«

»Ich bin der Bote Gottes und führe seinen Willen aus«, antwortete der Hirsch, »ich werde so lange leben, bis mein Geweih an den Himmel reicht, dann aber muß ich sterben. Wenn du willst, kannst du bei mir bleiben, bis zu meinem Tod; es soll dir an nichts fehlen.«

»Nein«, sagte der Jüngling, »entweder ewig leben oder gar nicht: sonst hätt' ich ja auch zu Hause bleiben können und brauchte nicht in der Welt umherzuwandern!«

Mit diesen Worten ließ er den Hirsch stehen und ging weiter.

Durch Steppen und Felder, durch Wiesen und Wälder kam er und erreichte endlich einen Abgrund; wie eine Hölle, so bodenlos gähnte er ihm entgegen. An den Rändern des Abgrundes starrten Felsen in die Höhe, und auf einem derselben saß unbeweglich ein Rabe. Der Jüngling redete diesen an und fragte: »Rabe, kennst du ein Land, wo es keinen Tod gibt?«

»Ich bin ein Bote Gottes«, antwortete der Rabe, »und werde leben, bis ich diesen Abgrund mit meinem Mist gefüllt habe; wenn du willst, kannst du bei mir bleiben, es soll dir an nichts fehlen!«

Aber der Jüngling wollte nichts davon wissen und setzte seine Wanderung fort. Bis zum Meer kam er, ohne daß er irgend jemanden getroffen hätte. Auf einmal sah er in der Ferne ein glänzendes Etwas, und als er näher kam, war es ein gläsernes Haus. Es hatte keine Türen, aber bei näherem Zusehen fand er einen Strich auf dem Glas; er drückte darauf, und das Haus tat sich auf. Drinnen lag ein Mädchen, so schön, daß sogar die Sonne es um seine Schönheit beneidete und blässer schien, wenn das Mädchen den Fuß vor die Schwelle setzte. Dem Jüngling gefiel die Schöne, er trat an sie heran und stellte ihr dieselbe Frage wie dem Hirsch und dem Raben.

»Ein solches Land gibt es nicht«, sagte sie, »aber wozu suchst du? Bleib doch bei mir!«

»Nicht um dich zu finden, bin ich ausgezogen«, entgegnete der Jüngling, »sondern das Land, wo man nicht stirbt.«

»Vergebens ist dein Streben, die Erde will das Ihre haben, Unsterblichkeit wirst du nie erreichen; sag mir, wie alt ich bin, wenn du kannst.«

Der Jüngling schaute sie an; ihre junge Brust, die Farbe ihrer Wangen entzückte ihn so sehr, daß er Leben und Tod vergaß. »Mehr als fünfzehn Jahre kannst du nicht alt sein«, antwortete er ihr.

»Du täuschst dich«, entgegnete sie, »ich bin am ersten Schöpfungstage erschaffen worden und bin heute noch so, wie ich damals war. Man nennt mich die Schönheit; ich werde ewig so bleiben, wie ich jetzt bin. Du hättest ewig bei mir bleiben können, aber du bist die Unsterblichkeit nicht wert; das ewige Leben wird dir zum Ekel werden.«

Der Jüngling gelobte ihr, nie etwas gegen ihren Willen zu unternehmen und ewig bei ihr zu bleiben.

Die Jahre verflogen eins nach dem anderen; wie Sekunden, so rasch waren sie vorbei. Die Erde veränderte sich, der Jüngling aber wußte von dem allen nichts, und das Mädchen blieb wie es war. So verging ein Jahrtausend. Da zog es den Jüngling in die Heimat; seine Mutter wollte er sehen, seine Freunde und Bekannten: »Ich muß jetzt gehen und meine Mutter und meine Verwandten einmal aufsuchen«, sagte er zu dem Mädchen.

»Nicht einmal ihre Knochen wirst du mehr finden, wozu denn weggehen?«

»Was du nur da sagst«, unterbrach er sie, »ich bin doch erst vor kurzem zu dir gekommen; wie sollten sie denn schon tot sein.«

»Ich habe dir's ja gesagt, daß du nicht wert bist, ewig zu leben«, entgegnete das Mädchen, »geh nur zu, aber nimm diese drei Äpfel mit, und wenn du zu Hause bist, iß sie!«

Der Jüngling verließ die Schöne und kam in seine Heimat

zurück. Auf dem Weg kam er an die ihm längst bekannten Orte; der Rabe saß noch da, aber er war tot und der Abgrund voll von seinem Mist. Das Herz schnürte sich dem Jüngling zusammen, als er das sah; er wollte zurück zu seiner Schönen, aber es trieb ihn vorwärts. Über Felsen und durch Wälder und Felder kam er zum Hirsch; der stand noch da, aber er war tot, und auf sein Geweih stützte sich der Himmel. Jetzt erst glaubte der Jüngling, daß viele Jahre vergangen seien, seit er hier zum erstenmal vorbeigekommen war. Aber weiter trieb es ihn in die Heimat. Er kam in sein Dorf, fand aber niemand Bekannten vor. Er fragte nach seiner Mutter; niemand wußte von ihr, nur ein paar alte Leute sagten ihm, es habe wirklich nach einer alten Überlieferung einmal eine Frau dieses Namens gelebt; aber das sei jetzt tausend Jahre her und ihr Sohn könne unmöglich mehr leben.

Niemand wollte ihm glauben, daß er wirklich der Sohn dieser Frau sei; alle dachten, er sei von Gott geschickt. Um ihn sammelten sich Menschen und begleiteten ihn. Schließlich kam er an den Ort, wo ehemals ihr Haus gestanden hatte; da waren noch verfallene, mit Moos und Nesseln bewachsene Mauern. Und nun erinnerte er sich genau wieder an das Vergangene, an seine Mutter, an seine Kindheit, und es wurde ihm bitter zumute. Da fielen ihm die Äpfel ein: Er aß den ersten, und ein weißer Bart fiel ihm plötzlich bis auf die Brust herab; er aß den zweiten, und die Knie gaben ihm nach, die Kräfte schwanden ihm, und er wurde schwach und hinfällig. Er schämte sich seiner selbst und bat einen Jungen, er möge ihm den dritten Apfel aus der Tasche holen und ihn ihm geben. Und als er ihn gegessen hatte, gab er seinen Geist auf.

Die Leute aus dem Dorf aber trugen ihn hinaus und begruben ihn um Christi willen.

[Kaukasisches Märchen]

Die Schlüsseljungfrau

Die Ungeborenen

Im Frühling, wenn die Bäume ausschlagen, kommt sie
hervor aus ihrer unterirdischen Wohnung, streift mit der
Hand den Blütenstaub von den Weidenkätzchen und
streut ihn dann in die strudelnde Surbe. Da gehört ihr
dann jedes Fischchen im Bach, jede Amsel im Busch. Scha-
renweise fahren die Forellen aus der Tiefe und haschen
nach der duftigen Leckerspeise. Da horcht sie alles aus den
Wellen heraus, die Wasserhühnlein sagen es ihr, was die
Menschen über sie meinen und reden. Die Dämmerungs-
vögel kommen mit aus den Mauerritzen herab, und man
hat gesehen, wie ihr ein Rabe dabei auf der Schulter sitzt.
Dann beginnt sie heilkräftige Blumen zu pflanzen, aus denen man allerlei Tränke kocht für Mensch und Tier. Das
Kuchenblümlein (Anemona pulsatilla), welches seine
Maien hat, ehe es noch Blätter gewinnt, wächst hier unter
ihrer Hand; sie setzt manches Hundert Engelsfußstöck-
chen von solcher Kraft und Würze, wie es weder drüben
auf der sonnigen Eck noch auf dem Stutz gedeiht. Eifrig
streben die Wurzelsammler dieser Pflanze nach, denn
ganze Tage hält man auf der Wanderschaft aus, ohne eine
andere Nahrung zu brauchen, wenn man einen Stengel der
Art im Mund hat. Aber diese ausbündigen Stöcklein sind
nicht gerade leicht zu finden, denn die Jungfrau braucht sie
selber, um damit die große Schar von Kindern zu stillen,
die sie im Berge bei sich hat.
In einem ihrer Gewölbe steht nämlich der Kleinkinder-

trog, und darinnen wohnen alle Ungeborenen. Soll nun die Hebamme von Tegerfelden wieder einmal ein kleines Kind ins Dorf bringen, so kann sie es nicht etwa nach Belieben hier nur abholen, sondern muß es manche Woche vorher samt dem Namen derjenigen Eltern, die sich ein solches wünschen, ordentlich anmelden. Verdienen sie eines, dann erhält die Ammenfrau den goldenen Schlüssel, der den Kindertrog aufschließt.

Die Kleinen aber sind so sehr an die Schloßjungfrau gewöhnt, daß sie sich gar nicht von ihr trennen wollen, und deswegen weinen sie auch so kläglich, wenn man sie der Mutter bringt. Stirbt hernach den Leuten ein solches Kindlein noch ungetauft, so kommt es wieder ins Schloß zurück und in denselben Trog hinein; stirbt es aber erst nach etlichen Wochen oder nimmt es die Jungfrau sonst wieder zu sich, weil die Menschen sein nicht wert gewesen, so hat es nicht mehr in seinem vorigen Trog Platz, sondern kommt in einen andern, der tiefer innen im Berge ist. Da aber wird es dann mit Honig aufgenährt. Sooft darum ein Immenstock im Dorf stößt, schwärmt er regelmäßig zu den Eichen des Schloßberges und setzt hier den Seim für die Kinder ab.

Die Jungfrau und der schneeweiße Hirsch

Es war eine laue Sommernacht, das Mondlicht warf die Schatten der Ruine in zackigen Streifen auf die Bächlimatte, mit silbernem Staub schäumte das Flüßchen daneben über die Klippen. Da klirrte es plötzlich zur Seite hinter den dichtstehenden Bäumen, und der Wanderer hielt stille. Als er aber die nächsten Zweige der Salweiden forschend auseinanderbog, stieg zwischen ihnen ein weißes Wölklein empor. Die Jungfrau, von Kopf bis zu den Füßen in wallenden Gewändern, stand ihm gegenüber. Am

Gürtel hing ihr der Schlüsselbund, daneben steckte ein Strauß von Weidenröschen, die bis in die Stiele hinein wie mit einem roten Hauch überzogen waren. Sie nahm aus dem Fürtuche ein silbernes Schwegelpfeifchen hervor, setzte es sacht und würdevoll an und begann eine so rührend schöne Weise zu spielen, daß der Mann tief ergriffen wurde und herzlich drüber weinen mußte.

Aber auch die Waldtiere wurden davon bewegt. Drüben am Ufer fing es an zu plätschern, ein Hirsch stieg in die strudelnde Surbe, blies die Wellen mächtig auseinander und kam herangerudert. Kein Härchen an ihm war naß, als sich der schneeweiße Edelhirsch zu Füßen der Jungfrau niederlegte. Sie streute ihm die Weidenröschen vor, und er aß sie mit Lust; dann nahm sie eine doldenreiche Hopfenranke vom Busch herab, legte sie ihm ums Geweih und knotete sie wieder im Rücken als Zaum zusammen, hierauf brach sie sich einen Baldrianstengel und setzte sich mit dieser Gerte dem ruhenden Tiere auf den Rücken. Alsbald erhob sich der Zelter und lief leichten Schrittes mit ihr den Berg hinauf. Oben bog sie nach rechts ab und ritt auf den Turm zu; sie verschwand hier einen Moment hinter dem Gemäuer, kam aber sogleich wieder zum Vorschein, und herum ging's nun im Kreis auf allen Trümmern und Kanten rings ums Schloß. Neunzehnmal ritt sie so nacheinander um die Zinken, dann kam sie in gestrecktem Laufe die jähen Flühen herunter zum Bache, der Hirsch legte sich, und die kühne Reiterin stieg ab. Sie entzäumte ihn, zerknitterte Zügel und Gerte in kleine Stückchen und warf sie in die Surbe; dann gab sie dem Tier mit der Hand einen sanften Schlag, und als ob es sich hoch geehrt fühlte, war's mit einem fröhlichen Satz im Dickicht verschwunden.

Nun begann erst ihr Mädchengeschäft. Sie löste ein Stirnband auf und ließ ihr helles Haar frei wallen. Sooft sie dann den Goldkamm durch die Locken zog, streifte sie von den tiefen Zweigen ihres Lieblingsbaumes den Erlenhonig ab und bestrich sich damit die Scheitel; wiederholt bemaß sie dann im Spiegel des mondhellen Wassers, wie weit das Haar den Rücken hinabwalle, wie weit es die Spitzen der Grashalme erreiche. Über solcher Herrlichkeit vergaß der zuschauende Mann alles, gebannt stand er da und dachte nicht daran, was ihm dabei die gütige Jungfrau selber zu bescheren wünschte. Hätte er nur ein Stückchen vom süßen Marktbrot, das er seinen Kindern heimtrug, oder nur sein Paternoster im Sack in den Kreis geworfen, so wäre Schwegelpfeife, Stirnband und Goldkamm sein gewesen. Indessen schritt sie trockenen Fußes über die Surbe fort und sang im Dahinschweben ein Lied, von dem der herzlich ergriffene Mann sich nur einen einzigen Vers merken konnte, den er in seiner Mundart so angab:

> O Erli, liebi Erli,
> Es goht so hundert Johr:
> Denn strîcht den Bodde wärli
> Mîs gêles Chrûselhôr.
> Und lampet's denn am Bodde,
> So find' i mîni Rueh
> Und chan in Himmel grothe,
> Und du zum Oefelî zue.

Mit diesen Schlußworten meinte sie ihre Erle, den Schicksalsbaum, der einst an ihrem Erlösungstag umgehauen und im Ofen verbrannt wird. Aber dieser Baum steht noch, obschon seitdem wieder hundert Jahre verflossen sein mögen. Ja, wohl noch länger muß es her sein, denn auch die Melodie ihres Liedes, die früher einige alte Leute noch zu singen wußten, ist nun schon vergessen. Also ist auch die arme Wandlerin noch nicht zur Ruhe gebracht.

[Sage aus der Schweiz]

Die Taube mit dem goldenen Stühlchen

Zwischen dem Thüringer Wald und dem Harzgebirge lehnte an einem Hügelhang der Hof eines gottesfürchtigen Bauern. Als nun wieder einmal das runde Jahr in die Zwölf Heiligen Nächte mündete, schlich sich der Jungbauer, so wie er dies von seinem verstorbenen Vater gesehen hatte, heimlich hinaus auf den Acker und machte die Runde durch seinen Garten. Er schüttelte den Apfelbaum, er rüttelte den Birnbaum und sprach dazu den alten Spruch, den sein Ahne schon sprach:

> »Bäumchen, wach auf,
> Frau Holle kommt!«

Da vernahm er ein Rauschen im Gezweig, und ein Schauer rieselte herab durch den ganzen Baum, vom Wipfel bis zur Wurzel. Und es wehte im Winde heran wie Flügelschlag, und Frau Holle erschien im Federkleid einer weißen Taube. Sie schwebte über die verschlossenen Knospen der Krone, kreiste dann um den ganzen alten Garten und breitete ihre singenden Schwingen weit über das wellige Akkerland aus. Und wo sie flog, da senkte sich ein Segen nieder auf das Gefilde, sank in die schlummernden Wurzeln und Knollen unter schneebedeckten Schollen, auf daß sie wieder fruchtbar würden und Keime lockten im kommenden Jahr.

Der Bauer gewahrte auch ein goldenes Stühlchen an ihrem Fuß. Darauf setzte die Taube sich nieder, wenn sie die weite Reise ermüdet hatte. Und wo sie Rast hielt, da sind dann im nächsten Frühjahr die schönsten Blumen und Stauden gewachsen, als wäre dort ein umhegter Garten.

So wußte denn jener Bauer: In dieser Stunde hat Frau Holle wieder Umzug gehalten und hat die alte Erde gesegnet mit Strunk und Staude, mit Strauch und Baum.

[Sage aus Thüringen]

Die drei Gestalten der heiligen Mutter

In jenen alten Zeiten, als die Menschen mit den übrigen Geschöpfen noch in engerem Bunde standen als jetzt, begab sich's, daß einmal ein Vater einen Sohn hatte, der bei Tag ein Kürbis, bei Nacht aber ein so überaus schöner Mann war, daß man seinesgleichen nicht finden konnte, und der deshalb auch Trandafiru, zu deutsch Rose, hieß.

Eines Tages sprach Trandafiru zu seinen Eltern: »Geht hin zum Kaiser und fordert von ihm seine Tochter, damit ich sie mir zur Frau nehme.« Der Vater begriff nicht, was seinem Sohn einfiel, und sagte lachend zu ihm: »Was denkst du, mein Sohn, der du doch nur nachts ein Mensch, bei Tag aber ein unförmiger Kürbis bist, daß dir unser Kaiser seine eigene Tochter zum Weib geben werde?«

»Liebe Eltern«, erwiderte hierauf der Sohn, »laßt dies meine Sorge sein; geht nur, ich bitt' euch, und begehrt die Prinzessin.« Auf die Bitten ihres einzigen lieben Sohnes gingen nun die Eltern in den kaiserlichen Palast, wo sie dem Kaiser ihren Wunsch vortrugen. Welches Staunen ergriff sie, als sie hörten, daß der Kaiser ohne weiteres einwilligte und nichts wünschte, als seinen künftigen Schwiegersohn vorher zu sehen. Voll Freude kehrten die guten Eltern nach Hause zurück und luden ihren Sohn, der eben, da es Tag war, seine Kürbisgestalt hatte, auf einen Wagen, um ihn an den Hof des Kaisers zu bringen.

Der Vater runzelte verzweifelt die Stirn, und die Mutter saß stumm neben ihrem Sohn, beide aber waren sie in der peinlichsten Verlegenheit, wie sie mit dem Kürbis vor den Kaiser und die Prinzessin treten sollten. Der Vater fürchtete, der Kaiser werde meinen, sie wollten Spott mit ihm treiben, und ihnen daher die Köpfe herunterschlagen lassen; der Kürbis aber, der die Verlegenheit seiner Eltern bemerkte, sprach zu ihnen: »Liebe Eltern, kränkt euch nicht weiter über euren unförmigen Sohn! Schaut, eben ist die Sonne hinunter, und ich werde mich gewiß zur Zufriedenheit des Kaisers und der schönen Prinzessin verwandeln!«

Als sie in der kaiserlichen Burg ankamen, war es finstere Nacht geworden, und Trandafiru hatte sich in einen so schönen Jüngling verwandelt, daß weder der Kaiser noch die Prinzessin etwas gegen ihn einzuwenden hatten. Daher wurde auch auf der Stelle der Befehl gegeben, daß der ganze Hof sich zu einem glänzenden Fest versammeln und der Hochzeit der Kaiserstochter beiwohnen solle. Die Prinzessin wurde wirklich Trandafirus Frau und hatte so großes Wohlgefallen an ihrem schönen Mann, daß sie sich aus der Kürbisgestalt, in der er seine Tage zubringen mußte, schon nach kurzer Zeit nichts mehr machte.

Als aber einmal die Mutter der Prinzessin in das Haus ihres Schwiegersohnes kam, um ihre Tochter zu besuchen, und sie dieselbe fragte, wie es ihr mit ihrem Gatten gehe, so antwortete diese: »Ja, recht gut, nur gefällt mir nicht, daß er bei Tag ein unförmiger Kürbis und nur bei Nacht ein Mann ist. Freilich ist er«, setzte sie hinzu, »ein so wunderschöner Mann, daß nicht einmal eine Rose mit ihm zu vergleichen ist.«

Das letztere konnte die Kaiserin, welche eine hochmütige Frau war, über den Gedanken, daß sie einen Kürbis zum Schwiegersohn haben sollte, nicht beruhigen, und sie beredete daher die Prinzessin, ihren Mann umzubringen. »Heize den Backofen tüchtig«, sagte sie zu ihr, »und fragt dich jemand, weshalb du solches tust, so sprich nur: zum Brotbacken. Wenn alsdann der Ofen recht glühend ist, so nimm den Kürbis, steck ihn hinein und verschließe den Ofen fest.«

Die Prinzessin, welcher ein ganzer Mann allerdings auch lieber gewesen wäre, befolgte, als das böse Weib wieder abgereist war, den gegebenen Rat. Sie heizte den Ofen, bis er glühte, und als ihre Schwiegermutter sie fragte, warum sie den Ofen so stark heize, antwortete sie: »Zum Brotbacken.« Als sie dachte, der Ofen werde heiß genug sein, nahm sie schnell den Kürbis, drückte ihn hinein und wollte hinter ihm schließen. Ehe sie dies aber bewerkstelligen konnte, hörte sie aus dem Kürbis die Stimme ihres Mannes rufen: »Treuloses Weib, ich verfluche dich, und du sollst nicht eher gebären können, als bis ich dich in Liebe wieder umarmt habe.«

Die Stimme schwieg, und in dem nach und nach erkaltenden Ofen war nichts mehr zu sehen, weder ein Kürbis noch Asche. Trandafirus Seele hatte den Kürbis verlassen, und gute Geister brachten sie nach einem entfernten Reich, wo eben der Herrscher gestorben war und wo jetzt Trandafiru vom Volk zum Kaiser ausgerufen wurde. Seine unglückliche Gattin aber fühlte sich schwanger und hatte solche Schmerzen, daß sie einen eisernen Reif um ihren Leib legen mußte. Diese herben Leiden, der Jammer ihrer Schwiegermutter über den verschwundenen Sohn, ihre Verlassenheit und das Bewußtsein der eigenen Schuld gestatteten der Kaiserstochter keine Ruhe, und sie verließ endlich in Verzweiflung das Haus, um ihren Mann zu suchen.

Nach vielen Drangsalen und monatelangem Umherirren kam sie endlich zur heiligen Mutter Mittwoch. Als sie dieser vor die Tür trat, rief Mutter Mittwoch sie an: »Wer bist du, fremdes Erdenkind, bist du gut oder böse? Bist du gut, so komm nur herein, bist du aber böse, so sieh dich vor, daß du fortkommst, denn wenn ich den Leikeboldeike loslasse, so reißt er dich in Stücke!«

Hierauf erwiderte die Kaiserstochter: »O heilige Mutter Mittwoch, ich bin eine Unglückliche und fürchte mich nicht. Sagt mir, gute Mutter, ob Ihr nicht meinen Mann, den edlen Trandafiru, gesehen habt.«

»Mein liebes Kind«, erwiderte jene, »deinen Mann Trandafiru hab ich nicht gesehen und weiß dir auch nichts von ihm zu sagen; vielleicht aber kann die Mutter Freitag Auskunft geben. Geh denn zu ihr! Damit du indessen nicht umsonst bei mir gewesen bist, so nimm hier diesen goldenen Spinnrocken; auf ihm wirst du lauter Gold spinnen, er kann dir vielleicht einmal nützlich sein.«

Als die Prinzessin so von der freundlichen Alten entlassen war, ging sie weiter und kam nach abermaligem langem Umherirren zur heiligen Mutter Freitag. Auch diese fragte sie, ob sie ihren Mann, den edlen Trandafiru, nicht gesehen habe. Mutter Freitag wußte ihr aber ebenfalls nichts von ihm zu sagen und meinte, daß die heilige Mutter Sonntag dies am besten wissen könne. Auch die Mutter Freitag beschenkte die Irrende reichlich, indem sie ihr eine goldene Haspel gab, an der, wenn man sie drehte, sich lauter Goldfäden aufwanden.

Bei der Mutter Sonntag angekommen, fragte die Fremde wieder nach ihrem Mann und erhielt die Antwort, daß sie nicht mehr fern von ihm sei, vielmehr sich schon in seinem Reich befinde. Nachdem sich die gute heilige Mutter die Geschichte der unglücklichen Kaiserstochter umständlich hatte erzählen lassen, sprach sie: »Wenn du deinen Mann wiedergewinnen willst, so mußt du tun, wie ich dir sage. Sieh zu, daß du gerade des Abends zu dem Brunnen kommst, der vor dem Schloß des Kaisers sein Kristallwasser aus goldenen Röhren in die marmornen Becken gießt. Dort werden sich abends die Mägde der Kaiserin einfinden, um Wasser zu holen. Siehst du sie kommen, so nimm den Spinnrocken, welchen dir die heilige Mutter Mittwoch geschenkt hat, und spinne Gold darauf. Wenn die Kaiserin von ihren Mägden hört, welches wunderbare Werkzeug du besitzest, so wird sie's für sich haben wollen und dich nach dem Preis fragen lassen. Gib dann zur Antwort, daß du es nicht verkaufst, daß sie's aber geschenkt haben könne, wenn sie dir erlaube, daß du eine Nacht im Schlafgemach des Kaisers, ihres Gemahls, zubringen dürfest. Gelingt dir dies, so wirst du glücklich sein; wenn nicht, so versuche es am anderen Tage wieder mit der Haspel und endlich im Notfall zum drittenmal mit dieser goldenen Gluckhenne und ihren fünf Küklein, die alle sechs goldene Eier legen.«

So entließ die heilige Mutter Sonntag die Kaiserstochter, die nun frohen Sinnes nach der kaiserlichen Residenzstadt eilte, wo sie sich bei dem beschriebenen Marmorbrunnen ermüdet niedersetzte. Sie sah auf und erblickte oben auf dem Brunnen eine goldene Bildsäule, in welcher sie sogleich, ohne die goldene Unterschrift auf der Marmorplatte zu lesen, ihren Mann, den edlen Trandafiru, erkannte. Denn von dieser Stadt aus gebot er als Kaiser über ein ansehnliches Reich. Ihr Herz pochte laut, und fast hätte sie, in tiefe Gedanken versunken, vergessen, auf ihrem goldenen Spinnrocken zu spinnen, als die Mägde der Kaiserin herbeikamen, um am Brunnen Wasser zu schöpfen. Diese hatten sich kaum überzeugt, daß die Fremde wirklich an einem goldenen Spinnrocken goldene Fäden spinne, als sie eilig zu ihrer Herrin liefen, um ihr von diesem Wunder zu erzählen.

Die Kaiserin ließ die Fremde sogleich vor sich kommen und hieß sie, auf ihrem Spinnrocken Fäden drehen. Als sie sah, wie der Fremden die langen Goldfäden durch die Finger glitten, konnte sie sich vor Verwunderung kaum fassen. Bald besah sie den Spinnrocken, bald die Goldfäden, ob sie echt wären, und wie sie sich von letzterem überzeugt hatte, erweckte die Goldgier in ihr den Gedanken, diesen wunderbaren Spinnrocken zu besitzen, von welchem sich Gold herunterspinnen ließ, ohne daß etwas daran angelegt wurde. »Möchtest du«, sprach sie schmeichlerisch zu der fremden Kaiserstochter, »mir dies schöne Werkzeug verkaufen?«

Hierauf entgegnete diese, wie ihr die heilige Mutter Sonntag geraten hatte, daß sie dasselbe nicht verkaufe, es ihr aber wohl zum Geschenk machen wolle, wenn sie ihr die Gunst erzeige, daß sie eine Nacht im Schlafgemach des Kaisers zubringen dürfe.

Der Kaiserin kam zwar dieser Wunsch höchst sonderbar vor, doch gewährte sie ihn, weil sie der Begierde nach dem unschätzbaren Spinnrocken nicht widerstehen konnte, nach kurzem Besinnen, indem sie bei sich dachte, sie könne ja, wenn sie das Kleinod besitze, genug darauf spinnen, um alle Kaiser der Welt und die schönsten Männer zu umgarnen und in goldenen Banden zu halten. Wirklich setzte sie sich auch, nachdem sie den Spinnrocken aus der Hand der Fremden empfangen hatte, sogleich hin und spann den ganzen Tag fort, ohne aufzuhören; so sehr war sie von dem Gold entzückt, welches ihr durch die Finger glitt.

Gegen Abend aber dachte sie doch an ihr Versprechen und ließ die Fremde in das Schlafgemach des Kaisers führen, dem sie zuvor ein starkes Schlafmittel in seinen Trunk gemischt hatte, so daß er dalag wie ein Toter. Als die Kaiserstochter sich einmal neben ihrem Mann, dem schönen Trandafiru, sah, fing sie an zu weinen und zu schluchzen: »O mein süßer Held Trandafiru, umschlinge mich mit deinen Armen, daß der Eisenreif von meinem Leib springt und daß ich gebären möge den Sohn von deinem Blute, den ich unter meinem Herzen trage.« Der Kaiser aber hörte nichts und rührte sich nicht.

Nun schlief im Zimmer bei ihm sein Kreuzbruder, sein förmlich angetrauter Seelenfreund, der geschworen hatte, sein ganzes Leben mit ihm zu teilen. Dieser hörte, was vorging, merkte sich's genau und erzählte es am anderen Morgen Wort für Wort dem Kaiser, welcher sehr erstaunt war und natürlich sogleich wußte, wer die Fremde war. Er versprach daher dem Kreuzbruder, heute nacht, wenn ihm die Fremde wieder zugesellt werden sollte, keinen Schlaftrunk zu sich zu nehmen, weil er wohl denken konnte, daß dieser die Ursache seines tiefen Schlafs gewesen war. Er erzählte hierauf dem Kreuzbruder seine frühere Geschichte und sagte auch, daß er seinen Fluch bereue, weil sich jene Frau durch ihre Mutter habe verführen lassen und weil er sie noch immer nicht habe vergessen können.

Als morgens die fremde Kaiserstochter gesehen hatte, daß die Erlaubnis der Kaiserin fruchtlos geblieben war, ging sie traurig wieder zum Brunnen und arbeitete auf der Wunderhaspel, die ihr die heilige Mutter Freitag geschenkt hatte. Abends kamen die Mägde der Kaiserin, um Wasser zu schöpfen, sahen die Fremde abermals mit einem so wunderbaren Werkzeug arbeiten und hinterbrachten das wiederum schleunigst der Kaiserin, welche die Fremde wie gestern vor sich rufen ließ und von ihr die Haspel zu kaufen wünschte. Wie gestern lautete die Antwort, daß sie nicht verkäuflich sei, wohl aber verschenkt werde gegen dieselbe Gunst wie der Spinnrocken.

Die Kaiserin machte sich heute noch weniger als gestern ein Gewissen daraus, die Bitte zu gewähren, und nachts wurde die Fremde wieder in das Schlafgemach des Kaisers gebracht, als derselbe bereits schlief. Heute hatte er zwar keinen Schlaftrunk genossen, die Kaiserin hatte ihm aber listigerweise schon beim Abendessen ein Schlafmittel in den Wein gemischt. In der Nacht fing die arme Kaiserstochter wieder an zu weinen und zu schluchzen und den Kaiser um Erbarmen zu bitten, damit sie von ihrer bitterer Not erlöst würde. Er aber hörte von allem nichts und schämte sich am anderen Morgen sehr, daß er abends zuvor nicht vorsichtiger gewesen war.

Noch trauriger als gestern, denn sie hatte nun nur noch die

goldene Gluckhenne der heiligen Mutter Sonntag mit ihren fünf Küklein zu verschenken, saß die arme Kaiserstochter am folgenden Abend beim Brunnen und sah dem munteren Wesen der goldenen Henne mit ihren Küklein zu, als die Mägde der Kaiserin kamen, um Wasser zu holen. Waren sie erstaunt gewesen über den goldenen Spinnrocken und die Goldhaspel, so konnten sie sich vollends nicht mehr fassen vor Erstaunen über dieses neue Wunder von goldenen Tieren, die lebten und um ihre Besitzerin hersprangen. Noch höher stieg ihre Verwunderung, als sie hörten, daß alle sechs goldene Eier legen könnten. Die Mägde schöpften ihre Eimer nicht voll, sondern liefen so schnell sie konnten zur Kaiserin und meldeten ihr das Wunder, das die beiden andern so weit übertreffe.

Die Kaiserin konnte sich vor Habsucht kaum halten, schickte sogleich nach der Fremden und ging unruhig im Zimmer auf und ab, bis dieselbe mit ihrer goldenen Gluckhenne und den fünf Küklein eintrat. »Du sollst«, rief sie der fremden Kaiserstochter entgegen, »drei Nächte in des Kaisers Schlafgemach zubringen, wenn du mir die Gluckhenne gibst und die fünf Küklein dazu.«

Die Fremde hörte dies mit freudigem Staunen und entfernte sich still aus dem Zimmer, während die Kaiserin die Gluckhenne bereits auf dem Schoß hielt, damit sie ihr ein goldenes Ei darein legen solle.

Der Kaiser, welcher sich dachte, daß heute die Fremde wiederkommen würde, stellte sich, um diesmal dem Schlaftrunk zu entgehen, matt und krank, weswegen die Kaiserin die Wiederholung der zweimal angewendeten List jetzt unterließ. Als die Nacht kam, wurde die Fremde wieder in des Kaisers Schlafzimmer geführt, als er schon schlief. Sie fing wieder an zu weinen, zu schluchzen und mit demütigen Worten zu bitten: »Oh, mein süßer Gatte Trandafiru, umschlinge dein reuevolles Weib mit deinen Armen, daß der Eisenreif von ihrem Leib springt und sie

44

gebären kann den Sohn von deinem Blute, den sie unter ihrem Herzen trägt.« Der Kaiser, welcher heute wachgeblieben war, erkannte nun sein Weib und schlang seine Arme um sie, worauf der Eisenreif, der ihren Leib umschlossen hielt, in Stücke sprang.

Am anderen Morgen hatte die Kaiserstochter, seine erste Frau, ihm zwei goldene Kinder geboren, worüber der Kaiser eine sehr große Freude empfand. Er herzte und küßte sie und bat sie, ihm ihre Geschichte zu erzählen, wobei ihm die Tränen in die Augen traten, weil sie es mit der rührendsten Beredsamkeit tat. Auch der Kreuzbruder mußte die Geschichte seiner Frau mit anhören und war darüber nicht weniger gerührt als der Kaiser. Nachdem dieser sich etwas von seiner freudigen Überraschung erholt hatte, dachte er an die Kaiserin, die mit ihren Tieren noch immer das Zimmer nicht verlassen hatte. Sie harrte jedesmal von neuem ungeduldig, bis die Gluckhenne oder eins von den Küklein wieder ein Ei gelegt hatte; dann nahm sie die Eier, wog sie gegeneinander und verwahrte sie sorgfältig in einem Schrank.

Sie ahnte nicht, wie nahe die Strafe für ihre Untreue sei. Mit einemmal ging die Tür auf, und der Kreuzbruder trat herein. Er sei, sprach er, vom Kaiser beauftragt, ihr den Kopf abzuschlagen, weil sie das Gold mehr geliebt habe als ihren Gemahl. Damit zog er das Schwert und schlug dem habsüchtigen Weib mit einem Streich den Kopf herunter. Hierauf ließ der Kaiser seine erste Frau als Kaiserin krönen und beging diesen Tag durch ein herrliches Fest. Danach lebten sie beide noch eine lange Reihe von Jahren glücklich miteinander und hatten an ihren Kindern viel Freude.

[Walachisches Märchen]

Die Blumen der Hexe Dewidurga

Es war einmal und ist schon lange her, da lebte der Gott Schiwa mit seiner Gemahlin Demiuma in den Himmeln.

Einst wollte der Gott Schiwa wissen, ob seine Gemahlin ihm treu oder untreu sei, und so stellte er sich krank. Er ließ bekanntmachen, daß er nur durch den Genuß von Kuhmilch wieder geheilt werden könne.

So rief er seine Frau herbei und sagte ihr, daß er nur gesunden könne, wenn sie ihm die Kuhmilch brächte.

Da sprach seine Frau: »Ja, die will ich dir sogleich bringen!«

Sie besorgte ihm immer alles, was er sich wünschte, weil sie es sehr lieb mit ihm meinte.

So stieg die Göttin Demiuma hinab auf die Erde. Bevor jedoch Demiuma ihr Ziel erreichte, war der Gott Schiwa ihr zuvorgekommen, auch er war auf die Erde hinabgestiegen.

Auf der Erde traf die Göttin Demiuma einen Hirten, und sie fragte ihn, ob er ein wenig Kuhmilch für sie hätte. Natürlich hatte der Hirte genügend Kuhmilch, denn er hatte viele Kühe.

Der Hirte aber sagte: »Nein, die Kuhmilch kann ich dir nicht geben, denn sie darf nicht verkauft werden! Wenn ich aber deinen Po berühren darf, so will ich dir von meiner Kuhmilch geben!«

Darauf antwortete die Göttin: »Dies darf ich dir nicht erlauben, denn ich bin verheiratet, und mein Gemahl ist Schiwa, der größte und mächtigste unter den Hauptgöttern!«

Der Hirte jedoch sagte: »Wenn ich deinen Po nicht anfassen darf, so kannst du keine Kuhmilch haben.«

Da wurde die Göttin Demiuma sehr unruhig und traurig, denn sie wußte nicht, wie sie sich entscheiden sollte. Was sollte sie machen, wenn sie keine Kuhmilch zu den Himmeln zurückbrächte? Dann müßte ihr Göttergemahl weiterhin auf dem Krankenlager liegen, denn nur durch Kuhmilch könnte er geheilt werden.

So entschied die Göttin Demiuma, daß der Hirte ihren Po berühren dürfe. Und so berührte der Hirte sie an ihrem Po ganz sanft, und Demiuma erhielt die gewünschte Kuhmilch. Darauf brachte Demiuma die Kuhmilch hinauf zum Tor der Himmel. Dreimal klopfte sie an das Himmelstor: »Poch! Poch! Poch! Öffne mir und laß mich herein!«

»Komm herein!« rief ihr Göttergemahl. Und sie ging hinein und brachte ihm die Kuhmilch.

»Hier bringe ich dir etwas Kuhmilch, daß du gesund wirst«, sprach Demiuma. Aber zu ihrem großen Erstaunen trank ihr Gemahl die Kuhmilch nicht.

»Du bist mir untreu geworden, ich weiß, ein Hirte hat deinen Po berührt!« sprach der Gott Schiwa.

Als Strafe für die Untreue mußte Demiuma als Hexe auf der Erde wiedergeboren werden und hundert Jahre lang dort ihr Unwesen treiben: Sie war nun die mächtige Hexe Dewidurga. Seit Dewidurga, die Schreckliche, auf die Erde kam, gibt es viele Krankheiten unter den Menschen, auch die Schwarze Magie hat die Hexe auf die Erde gebracht.

Nach hundert Jahren jedoch empfand der Gott Schiwa große Sehnsucht nach seiner Gemahlin Demiuma. So beschloß er, als Prinz auf die Erde zu kommen und seine Gemahlin zu erlösen. So lebten sie wieder glücklich vereint in den Himmeln.

Der Körper aber der furchtbaren Hexe Dewidurga blieb

auf der Erde. Aus dem Körper der Hexe wuchsen viele Blumen. Diese Blumen duften nicht süß wie andere Blumen, sondern verbreiten einen häßlichen Gestank. Diese stinkenden Blumen – Tagetes – dürfen auch heute in Bali nicht als Opfergaben für die Götter benützt werden, da sie ein Symbol für die untreue Frau sind.

[Märchen aus Bali]

Das Geheimnis des Pflaumenblüten-Mädchens

Taro ging zum Fischen an den Fluß, setzte sich ans Ufer und hing seine Angelschnur ins Wasser. Jedoch es biß kein Fisch an. Er dachte: »Vielleicht finde ich mehr Fische, wenn ich den Fluß hinaufgehe!«

So nahm Taro sein Fischkörbchen und seine Angelrute auf die Schulter und ging den Fluß hinauf.

Die Sonne schien sehr warm und angenehm, als ob es Frühling wäre. Irgendwann kam er an einen Ort, wo er noch nie zuvor gewesen war. Er dachte: »Nun, wo bin ich jetzt?« Er schaute um sich, da hörte er plötzlich eine wunderbare Stimme singen, doch er wußte nicht, woher sie kam. Die Stimme war so schön, daß man sie nicht beschreiben konnte. Dann ging er der Stimme nach und sah ein Mädchen, das am Ufer des Flusses die Wäsche wusch und dabei sang.

In der Nähe blühten Pflaumenbäume, und der zarte Duft dieser Blüten hing wie ein Schleier in der Luft. Es war, als ob die Blüten den lieblichen Gesang des Mädchens hören würden. Auch Taro hörte versunken diesem Gesang zu.

Da stand das Mädchen auf und nahm seine Wäsche und ging zum Haus. Wie leicht ihre Schritte waren, so leicht, als ob sie zwischen den Pflaumenbäumen schweben würde. Taro lief schnell hinter ihr her und sagte: »Warte einen Moment!«

Das Mädchen wandte sich um und sagte: »Was willst du von mir?« Taro erwiderte: »Ich wollte hier fischen und habe mich verirrt. Wo bin ich?«

Das Mädchen sagte: »Du bist hier im Pflaumenreich!«

Taro dachte: »Ich habe noch nie etwas vom Pflaumenreich gehört.« Aber weil er so weit gegangen war und sehr müde war, bat er sie: »Dürfte ich bei dir eine kleine Weile rasten?«

Sie sagte: »Ja, sehr gerne!« Das Mädchen nickte und lief vor ihm her.

Das Mädchen betrat das Haus und bat ihn: »Setze dich nieder auf mein Zabuton (Sitzkissen)!«

Und sie gab ihm das Kissen. Bis ins Haus hinein dufteten die Pflaumenblüten. Taro dachte: »Wie hübsch ist das Haus!« Das Mädchen fragte: »Ich muß jetzt in die Stadt zum Einkaufen, kannst du das Haus hüten?«

»Ja, gut, geh du nur!«

»Ich gehe, aber ich habe noch eine Bitte!«

»Welche Bitte? Sage sie mir!«

»Bitte öffne auf keinen Fall die Schubladen der Kommode und schaue nicht hinein!«

»Nein, ich werde auf keinen Fall die Schubladen der Kommode öffnen und auch nicht hineinschauen!«

»Nun gehe ich!« Und das Mädchen machte sich auf den Weg.

Vermutlich war es weit bis zur Stadt, deshalb kam das Mädchen lange Zeit nicht zurück. Taro fing an, sich zu langweilen.

Er trat hinaus auf den Engaua (japanischer Balkon) und schaute sich in den anderen Zimmern um.

»Welch wunderbare Kommode! Das Mädchen sagte zwar, ich solle sie nicht öffnen, aber was mag wohl darin sein? Ich will nur ein ganz klein wenig in die Schublade hineinschauen!« So zog er die oberste Schublade ganz vorsichtig auf.

»Aahh!« Seine Augen wurden vor Erstaunen ganz rund: In der Schublade waren endlose Reisfelder zu sehen, die grünen Reispflänzchen wogten sanft im Wind.

»Was ist wohl in der nächsten Schublade?«

Und er öffnete die zweite Schublade. Fünf ganz, ganz kleine Bäuerlein hackten die Erde auf, um die Sämlinge einzupflanzen. Sie arbeiteten sehr, sehr fleißig. Da alles so zauberhaft war, was er sah, vergaß er völlig, was er dem Mädchen versprochen hatte.

»Was ist wohl in der nächsten Schublade?«

Und so öffnete er auch die dritte Schublade. Da sah er wunderbare herbstliche Reisfelder! Goldene reife Reisähren glänzten in der Abendsonne. Die Ähren wogten hin und her wie Wellen im Meer. »Ahh! Wie schön!« Taro klatschte in die Hände. Eine Vogelscheuche auf einem Bein wachte auf den Reisfeldern, bereit, jeden zu packen, der die wunderbaren Reisfelder zerstören wollte.

Taro schreckte plötzlich hoch und dachte: »O je, was habe ich getan! Ich habe trotz der Bitten des Mädchens die Schubladen der Kommode geöffnet und hineingeschaut!« Hastig schloß er die Schubladen. »Was soll ich nur machen?« Mit Herzklopfen saß er auf dem Zabuton.

Da kam das Mädchen zurück.

»Ich bin wieder da! Vielen Dank, daß du solange das Haus für mich gehütet hast!«

»N-nein, nein, so-olange war's nicht!« sagte Taro verlegen.

Plötzlich veränderte sich der Gesichtsausdruck des Mädchens.

»Du bist ein böser Mensch! Du hast dein Versprechen gebrochen. Obwohl du versprochen hattest, niemals die Schubladen der Kommode zu öffnen, hast du es trotzdem getan.«

Das Mädchen schaute ihn mit sehr, sehr traurigen Augen an, schlug die Hände vors Gesicht und fing an zu weinen. Taro wurde ganz rot im Gesicht und entschuldigte sich.

»Ich habe nur ein klein wenig hineingeschaut! Bitte verzeih mir!« Obwohl Taro sich wieder und wieder entschuldigte, blieb das Mädchen stumm und weinte nur.

»Ich kann nicht mehr hierbleiben, weil das Geheimnis der Kommode entdeckt wurde«, sagte sie und lief aus dem Haus. Taro folgte ihr, aber in demselben Moment war die Gestalt des Mädchens verschwunden und in eine süße Uguisu (japanische Nachtigall) verwandelt worden.

»Hoo-hokekjo! Hoo-hokekjo!« sang die Nachtigall. Sie schwang sich über die Pflaumenbäume hinauf und flog in den Himmel hinein.

»Ohh! Nun ist das Mädchen weggeflogen!« Taro verstand es nicht und schaute stumm in die Weite. Da hörte er plötzlich neben sich den Ruf der Nachtigall: »Hoo-hokekjo! Hoo-hokekjo!« In diesem Moment wachte er auf. Er war eingeschlafen mit der Angel in der Hand. Nebenan auf den Zweigen der blühenden Pflaumenbäume sang eine Uguisu mit ihrer schönen Stimme. Ein Traum?

Taro reckte und streckte sich. Die Sonnenstrahlen schienen warm auf die duftenden Blüten der Pflaumenbäume.

[Märchen aus Japan]

Erdgeister

-❋- -❋- -❋- -❋-

Im Dunkel der Erde, verborgen vor den Augen der Menschen, liegt das prächtige und mit unermeßlichen Kostbarkeiten ausgestattete Reich der Unterirdischen. Erdgeister und Erdwesen aller Art, Zwerge, Trolle, Elben und Elfen, Erdmännlein und Erdweiblein sammeln und hüten die Schätze der Erde, Gold, Silber und Edelsteine, aber auch Früchte, Heilpflanzen und Kräuter. Dem Glücklichen öffnet sich der verborgene Erdhügel, und die Unterirdischen beschenken ihn mit Reichtum, Glück und Gesundheit.

»Erdgeister«

Die Himmelschlüsselchen

Es waren einmal ein paar Kinder, die sammelten gelbe Himmelschlüsselchen, und schau, da war plötzlich auch ein kleines Mädchen, das wollte ganz alleine ins weite Goblintal wandern. Das Mädchen war so klein, daß es den Weg nicht finden konnte, denn es wußte es nicht besser. Als es nun merkte, daß es sich verirrt hatte, fing es an zu weinen, und riesige Tränen kullerten über sein süßes, kleines Gesichtchen und tropften wie Sommerregen auf sein Kinderschürzchen.

Vor Schmerz warf es sich mit seiner ganzen kleinen Person auf die Erde und schlug mit den Himmelschlüsselchen gegen einen Felsen. Und schau! Da öffnete sich der Felsen, und die Elfen kamen heraus, um es zu trösten und seine Tränen zu trocknen. Sie schenkten ihm einen goldenen Ball und geleiteten es sicher nach Hause, in seiner Hand trug es noch immer die Himmelschlüsselchen.

Nun, bald sprach das ganze Dorf von dem Wunder, auch der Zauberer hörte davon. Er beschloß sogleich, wenn die Elfen das nächste Mal ihren Felsen öffnen würden, wollte er mehr als einen goldenen Ball in seine Hände bekommen! So pflückte der Zauberer auch einen Strauß mit Himmelschlüsselchen. Nach allem, was er gesehen und gehört hatte, konnte er froh sein, daß er dort drinnen im Tal den richtigen Felsen fand.

Ja, es war der richtige Felsen, aber es war nicht der richtige Tag – und nicht die richtige Anzahl der Himmelschlüsselblumen –, und das war wohl das Wichtigste: Er war keine so kleine liebe Seele, und so kamen die Elfen und nahmen ihn mit unter die Erde.   [Märchen aus England]

Fingerhütchen

Es war einmal ein armer Mann, der lebte in dem fruchtbaren Tale von Acherlow an dem Fuße des finstern Galti-Berges. Er hatte einen großen Höcker auf dem Rücken, und es sah gerade aus, als wäre sein Leib heraufgeschoben und auf seine Schultern gelegt worden. Von der Wucht war ihm der Kopf so tief herabgedrückt, daß, wenn er saß, sein Kinn sich auf seine Knie zu stützen pflegte. Die Leute in der Gegend hatten Scheu, ihm an einem einsamen Ort zu begegnen, und doch war das arme Männchen so harmlos und friedliebend wie ein neugeborenes Kind. Aber seine Ungestaltheit war so groß, daß er kaum wie ein menschliches Geschöpf aussah, und boshafte Leute hatten seltsame Geschichten von ihm verbreitet. Man erzählte sich, er besitze große Kenntnis der Kräuter und Zaubermittel, aber gewiß ist, daß er eine geschickte Hand hatte, Hüte und Körbe aus Stroh und Binsen zu flechten, auf welche Weise er sich auch sein Brot erwarb.

Fingerhütchen war sein Spottname, weil er allzeit auf seinem kleinen Hut einen Zweig von dem roten Fingerhut oder dem Elfenkäppchen trug. Für seine geflochtenen Arbeiten erhielt er einen Groschen mehr als andere, und aus Neid darüber mögen einige wohl die wunderlichen Geschichten von ihm in Umlauf gebracht haben. Damit verhalte es sich nun, wie es wolle, genug, es trug sich zu, daß Fingerhütchen eines Abends von der Stadt Cahier nach Cappagh ging, und da er wegen des lästigen Höckers auf dem Rücken nur langsam fortkonnte, so war es schon dunkel, als er an das alte Hünengrab von Knockgrafton kam, welches rechter Hand an dem Wege liegt. Müde und abgemattet, niedergeschlagen durch die Betrachtung, daß noch ein gutes Stück Weg vor ihm liege und er die ganze Nacht hindurch wandern müsse, setzte er sich unter den Grabhügel, um ein wenig auszuruhen, und sah ganz betrübt den Mond an, der eben silberrein aufstieg.

Auf einmal drang eine fremdartige, unterirdische Musik zu den Ohren des armen Fingerhütchens. Er lauschte, und ihm däuchte, als habe er noch nie so etwas Entzückendes gehört. Es war wie der Klang vieler Stimmen, deren jede zu der andern sich fügte und wunderbar einmischte, so daß es nur eine einzige zu sein schien, während doch jede einen besonderen Ton hielt. Die Worte des Gesangs waren diese: Da Luan, Da Mort, Da Luan, Da Mort, Da Luan, Da Mort. Danach kam eine kleine Pause, worauf die Musik von vorne wieder anfing.

Fingerhütchen horchte aufmerksam zu und getraute sich kaum Atem zu schöpfen, damit ihm nicht der geringste Ton verlorenginge. Er merkte nun deutlich, daß der Gesang mitten aus dem Grabhügel kam, und obgleich anfangs auf das höchste davon erfreut, ward er es doch endlich müde, denselben Rundgesang in einem fort, ohne Abwechslung, anzuhören. Als abermals Da Luan, Da Mort dreimal gesungen war, benutzte er die kleine Pause, nahm die Melodie auf und führte sie weiter mit den Worten: augus Da Cadine! dann fiel er mit den Stimmen in dem Hügel ein, sang Da Luan, Da Mort, endigte aber bei der Pause mit seinen augus Da Cadine.

Die Kleinen in dem Hügel, als sie den Zusatz zu ihrem Geistergesang vernahmen, ergötzten sich außerordentlich daran und beschlossen, sogleich das Menschenkind hinunterzuholen, dessen musikalische Geschicklichkeit die ihrige so weit übertraf, und Fingerhütchen wurde mit der kreisenden Schnelligkeit des Wirbelwindes zu ihnen getragen.

Das war eine Pracht, die ihm in die Augen leuchtete, als er in den Hügel hinabkam, rund umherschwebend, leicht wie ein Strohhälmchen! Und die lieblichste Musik hielt ordentlich Takt bei seiner Fahrt. Die größte Ehre wurde ihm aber erzeigt, als sie ihn über alle die Spielleute setzten. Er hatte Diener, die ihm aufwarten mußten, alles, was sein Herz begehrte, wurde erfüllt, und er sah, wie gern ihn die Kleinen hatten; kurz, er wurde nicht anders behandelt, als wenn er der erste Mann im Lande gewesen wäre.

Darauf bemerkte Fingerhütchen, daß sie die Köpfe zusammensteckten und miteinander beratschlagten, und so sehr ihm auch ihre Artigkeit gefiel, so fing er doch an, sich zu fürchten.

Da trat einer der Kleinen zu ihm hervor und sagte:

> »Fingerhut, Fingerhut!
> faß dir frischen Mut!
> lustig und munter,
> dein Höcker fällt herunter,
> siehst ihn liegen, dir geht's gut,
> Fingerhut, Fingerhut!«

Kaum waren die Worte zu Ende, so fühlte sich das Fingerhütchen so leicht, so selig, daß es wohl in einem Satz über den Mond weggesprungen wäre, wie die Kuh in dem Märchen von der Katze und der Geige. Er sah mit der größten Freude von der Welt den Höcker von seinen Schultern herab auf den Boden rollen. Er versuchte darauf, ob er seinen Kopf in die Höhe heben könnte, tat es aber mit Vorsicht und Verstand, aus Furcht, er möchte ihn an dem Tafelwerk der großen Halle anstoßen. Dann aber schaute er rings herum mit der größten Bewunderung und ergötzte sich an all den Dingen, die ihm immer schöner vorkamen. Zuletzt war er so überwältigt von der Betrachtung des glänzenden Aufenthalts, daß ihm der Kopf schwindelte, die Augen geblendet wurden und er in einen tiefen Schlaf verfiel.

Bei seinem Erwachen war es voller Tag geworden. Die Sonne schien hell, die Vögel sangen, und er lag gerade an dem Fuße des Riesenhügels, während Kühe und Schafe friedlich um ihn her weideten. Nachdem Fingerhütchen sein Gebet gesagt hatte, war sein erstes Geschäft, mit der Hand nach seinem Höcker zu greifen, aber es war auf dem Rücken keine Spur davon zu finden, und er betrachtete sich nicht ohne Stolz, denn aus ihm war ein wohlgebildeter, behender Bursche geworden, und, was keine Kleinigkeit schien, er sah sich von Kopf bis zu Füßen in neuen Kleidern und merkte wohl, daß die Geister ihm diesen Anzug besorgt hatten.

Nun machte er sich auf den Weg nach Cappagh, er ging so tapfer daher und sprang bei jedem Schritt, als wenn er es sein Lebtag nicht anders gewohnt gewesen wäre. Niemand, der ihm begegnete, erkannte Fingerhütchen ohne den Höcker, und er hatte große Mühe, die Leute zu überzeugen, daß er es wirklich sei, und in der Tat, seinem Aussehen nach war er es auch nicht mehr.

Wie es aber zu gehen pflegt, die Geschichte von Fingerhütchens Höcker wurde überall bekannt und viel Wesens davon gemacht. Meilenweit in der Gegend redete jedermann, vornehm oder gering, von nichts als von dieser Begebenheit.

Eines Morgens saß Fingerhütchen an seiner Haustür und war guter Dinge. Da trat eine alte Frau zu ihm und sagte: »Zeigt mir doch den Weg nach Cappagh.«

»Ist nicht nötig, liebe Frau«, antwortete er, »denn das ist hier Cappagh, aber wo kommt Ihr her?«

»Ich komme aus der Gegend von Decie in der Grafschaft Waterford und suche einen Mann, der Fingerhütchen genannt wird und dem die Elfen sollen einen Höcker von der Schulter genommen haben. Da ist der Sohn meiner

Gevatterin, der hat einen Höcker auf sich sitzen, der ihn noch totdrücken wird; vielleicht würde er davon erlöst, wenn er wie Fingerhütchen ein Zaubermittel anwenden könnte. Nun stellt Ihr Euch leicht vor, warum ich so weit hergekommen bin, ich möchte, wenn's möglich wäre, etwas von dem Zaubermittel erfahren.«

Fingerhütchen, das immer gutmütig gewesen war, erzählte der alten Frau den Hergang ganz umständlich, wie es den Gesang der Elfen in dem Grabhügel fortgeführt, wie sie den Höcker von seinen Schultern weggenommen und wie sie ihm einen neuen Anzug von Kopf bis zu Füßen noch obendrein gegeben hätten.

Die alte Frau dankte tausendmal und machte sich wieder auf den Heimweg, zufriedengestellt und ganz glücklich in ihren Gedanken. Als sie bei ihrer Gevatterin in der Grafschaft Waterford angelangt war, erzählte sie genau, was sie von Fingerhütchen erfahren hatte. Danach setzte sie den kleinen buckligen Kerl, der sein Leben lang ein heimtückisches, hämisches Herz gehabt hatte, auf einen Wagen und zog ihn fort. Es war ein langer Weg, »aber was tut das«, dachte sie, »wenn er nur den Höcker los wird«; eben als die Nacht hereinbrach, langte sie bei dem Riesenhügel an und legte ihn dabei nieder.

Hans Madden, denn das war der Namen des Buckligen, hatte noch gar nicht lange gesessen, so hub schon die Musik in dem Hügel an, noch viel lieblicher als je, denn die Elfen sangen ihr Lied mit dem Zusatz, den sie von Fingerhütchen gelernt hatten: Da Luan, Da Mort, Da Luan, Da Mort, Da Luan, Da Mort, augus Da Cadine, ohne Unterbrechung. Hans, der nur geschwind seinen Höcker los sein wollte, wartete nicht, bis die Elfen mit ihrem Gesang fertig waren, noch achtete er auf einen schicklichen Augenblick, um die Melodie weiter als Fingerhütchen fortzuführen, sondern als sie ihr Lied mehr als siebenmal in einem fort gesungen hatten, so schrie er ohne

Rücksicht auf Takt und Weise der Melodie und wie er seine Worte passend anbringen könnte, aus vollem Halse: augus Da Dardine, augus Da Hena, und dachte: »War ein Zusatz gut, so sind zwei noch besser, und hat Fingerhütchen einen neuen Anzug erhalten, so werden sie mir wohl zwei geben.«

Kaum waren aber die Worte über seine Lippen gekommen, so wurde er aufgehoben und mit wunderbarer Gewalt in den Hügel hineingetragen. Hier umringten ihn die Elfen, waren sehr böse, und schreiend und kreischend riefen sie: »Wer hat unsern Gesang geschändet? Wer hat unsern Gesang geschändet?« Einer trat hervor und sprach zu ihm:

»Hans Madden, Hans Madden!
deine Worte schlecht klangen,
so lieblich wir sangen!
hier bist du gefangen,
was wirst du erlangen?
zwei Höcker für einen! Hans Madden!«

Und zwanzig von den stärksten Elfen schleppten Fingerhütchens Höcker herbei und setzten ihn oben auf den Buckel des unglückseligen Hans Madden, und da saß er so fest, als wenn er mit Zwölfpfennignägeln von dem besten Zimmermann, der je Nägel eingeschlagen hat, aufgenagelt wäre. Danach stießen sie ihn mit den Füßen aus ihrer Wohnung, und am Morgen, als Hans Maddens Mutter und ihre Gevatterin kamen, nach dem kleinen Kerl zu sehen, so fanden sie ihn an dem Fuß des Hügels liegen, halbtot mit einem zweiten Höcker auf seinem Rücken. Sie betrachteten ihn eine nach der andern, aber es blieb dabei; am Ende wurde ihnen Angst, es könnte ihnen auch ein Höcker auf den Rücken gesetzt werden. Sie brachten den armseligen Hans wieder heim, so betrübt im Herzen und so jämmerlich anzusehen, als noch je ein paar alte Weiber. Hans, durch das Gewicht des zweiten Höckers und die lange Fahrt erschöpft, starb bald hernach, indem er jedem eine schwere Verwünschung hinterließ, der auf den Gesang der Elfen horchen wollte.

[Märchen aus Irland]

Die Unterirdischen

In einer stürmischen Nacht zwischen Weihnacht und
Neujahr war ein Mann vom Wege abgekommen; während
er sich durch die tiefen Schneetriften durchzuarbeiten
suchte, erlahmte seine Kraft, so daß er von Glück sagen
konnte, als er unter einem dichten Wacholderbusch
Schutz vor dem Wind fand. Hier wollte er übernachten, in
der Hoffnung, am hellen Morgen den Weg leichter zu finden. Er zog seine Glieder zusammen wie ein Igel, wickelte
sich in seinen warmen Pelz und schlief bald ein. Ich weiß
nicht, wie lange er so gelegen hatte, als er fühlte, daß jemand ihn rüttelte. Als er aus dem Schlaf auffuhr, schlug
eine fremde Stimme an sein Ohr: »Bauer, ohe! steh auf!
sonst begräbt dich der Schnee, und du kommst nicht wieder heraus.«
Der Schläfer steckte den Kopf aus dem Pelz hervor und
sperrte die noch schlaftrunkenen Augen weit auf. Da sah
er einen Mann von langem schlanken Wuchs vor sich; der
Mann trug als Stock einen jungen Tannenbaum, der doppelt so hoch war wie sein Träger. »Komm mit mir«, sagte
der Mann mit dem Tannenstock, »für uns ist im Wald unter Bäumen ein Feuer gemacht, wo sich's besser ruht als
hier auf freiem Feld.«
Ein so freundliches Anerbieten mochte der Mann nicht
ausschlagen, vielmehr stand er sogleich auf und schritt rü-
stig mit dem fremden Manne vorwärts. Der Schneesturm
tobte so heftig, daß man auf drei Schritt nicht sehen
konnte, aber wenn der fremde Mann seinen Tannenstock
aufhob und mit strenger Stimme rief: »Hoho! Sturmes-

mutter! Mach Platz!« so bildete sich vor ihnen ein breiter Pfad, wohin auch kein Schneeflöckchen drang. Zu beiden Seiten und im Rücken tobte wildes Schneegestöber, aber die Wanderer focht es nicht an. Es war, als ob auf beiden Seiten eine unsichtbare Wand das Gestüm abwehrte. Bald kamen die Männer an den Wald, aus dem schon von fern der Schein eines Feuers ihnen entgegenleuchtete. »Wie heißt du?« fragte der Mann mit dem Tannenstock, und der Bauer erwiderte: »Des langen Hans Sohn Hans.«

Am Feuer saßen drei Männer in weißen leinenen Kleidern, als wäre es mitten im Sommer. Auch sah man in einem Umkreis von dreißig oder mehr Schritten nur Sommerschöne: Das Moos war trocken, die Pflanzen grün, und der Rasen wimmelte von Ameisen und Käferchen. Von fern aber hörte des langen Hans Sohn den Wind sausen und den Schnee brausen. Noch verwunderlicher war das brennende Feuer, welches hellen Glanz verbreitete, ohne daß ein Rauchwölkchen aufstieg. »Was meinst du, Sohn des langen Hans, ist dies nicht ein besserer Ruheplatz für die Nacht, als da auf freiem Felde unter dem Wacholderbusch?«

Hans mußte dies zugeben und dem fremden Mann dafür danken, daß er ihn so gut geführt hatte. Dann warf er seinen Pelz ab, wickelte ihn zu einem Kopfkissen zusammen und legte sich im Schein des Feuers nieder. Der Mann mit dem Tannenstock nahm sein Fäßchen aus einem Busch und bot Hansen einen Labetrunk, der schmeckte vortrefflich und erfreute ihm das Herz. Der Mann mit dem Tannenstock streckte sich nun auch auf den Boden hin und redete mit seinen Genossen in einer fremden Sprache, von der unser Hans kein Wörtchen verstand; er schlief darum bald ein.

Als er aufwachte, fand er sich allein an einem fremden Ort, wo weder Wald noch Feuer mehr war. Er rieb sich die Augen und rief sich das Erlebnis der Nacht zurück, meinte aber geträumt zu haben; doch konnte er nicht begreifen, wie er denn hierher an einen ganz fremden Ort geraten war. Aus der Ferne drang ein starkes Geräusch an sein Ohr, und er fühlte den Boden unter seinen Füßen zittern. Hans horchte eine Zeitlang, von wo der Lärm komme, und beschloß dann, dem Schall nachzugehen, weil er hoffte, auf Menschen zu treffen. So kam er an die Mündung einer Felsengrotte, aus welcher der Lärm erscholl und ein Feuer hervorschien.

Als er in die Grotte trat, sah er eine ungeheure Schmiede vor sich mit einer Menge von Blasebälgen und Ambossen; an jedem Amboß standen sieben Arbeiter. Närrischere Schmiede konnten auf der Welt nicht zu finden sein! Die einem Mann bis zum Knie reichenden Männlein hatten Köpfe, die größer waren als ihre winzigen Leiber, und führten Hämmer, die mehr als doppelt so groß waren als ihre Träger. Aber sie hämmerten mit ihren schweren Eisenkeulen so wacker auf den Amboß los, daß die kräftigsten Männer keine wuchtigeren Schläge hätten führen können. Bekleidet waren die kleinen Schmiede nur mit Lederschürzen, die vom Hals bis zu den Füßen reichten; auf der Rückseite waren die Körper nackt, wie Gott sie geschaffen hatte.

Im Hintergrund an der Wand saß der Hansen wohlbekannte Mann mit dem Tannenstock auf einem hohen Block und gab scharf acht auf die Arbeit der kleinen Gesellen. Zu seinen Füßen stand eine große Kanne, aus welcher die Arbeiter ab und zu einen Trunk taten. Der Herr der Schmiede hatte nicht mehr die weißen Kleider von gestern an, sondern trug einen schwarzen rußigen Rock und um die Hüften einen Ledergürtel mit großer Schnalle; mit seinem Tannenstock gab er den Gesellen von Zeit zu Zeit einen Wink, denn das Menschenwort wäre bei dem Getöse unvernehmlich gewesen.

Ob jemand den Hans bemerkt hatte, blieb diesem unklar,

zumal, da der Meister und seine Gesellen ihre Arbeit hurtig förderten, ohne den fremden Mann zu beachten. Nach einigen Stunden wurde den kleinen Schmieden eine Rast gegönnt; die Bälge wurden angehalten und die schweren Hämmer zu Boden geworfen.

Jetzt, da die Arbeiter die Grotte verließen, erhob sich der Wirt vom Block und rief den Hans zu sich: »Ich habe deine Ankunft wohl bemerkt«, sagte er, »aber da die Arbeit drängte, konnte ich nicht früher mit dir reden. Heute mußt du mein Gast sein, um meine Lebensweise und Haushaltung kennenzulernen. Verweile hier so lange, bis ich die schwarzen Kleider ablege.« Mit diesen Worten zog er einen Schlüssel aus der Tasche, schloß eine Tür in der Grottenwand auf und ließ Hans hineintreten.

O was für Schätze und Reichtümer Hans hier erblickte! Ringsum lagen Gold- und Silberbarren aufgestapelt und schimmerten und flimmerten ihm vor den Augen. Hans wollte zum Spaß die Goldbarren eines Haufens überzählen und war gerade bis fünfhundertundsiebzig gekommen, als der Wirt zurückkehrte und lachend rief: »Laß nur das Zählen, es würde dich zu viel Zeit kosten! Nimm dir lieber einige Barren vom Haufen, ich will sie dir zum Andenken verehren.«

Natürlich ließ sich Hans so etwas nicht zweimal sagen; mit beiden Händen erfaßte er einen Goldbarren, konnte ihn aber nicht einmal von der Stelle rühren, geschweige denn aufheben.

Der Wirt lachte und sagte: »Du winziger Floh vermagst nicht das kleinste meiner Geschenke fortzubringen, begnüge dich denn mit der Augenweide.«

Mit diesen Worten führte er Hans in eine andere Kammer, von da in eine dritte, vierte und so fort, bis sie endlich in die siebente Grottenkammer kamen, die von der Größe einer großen Kirche und gleich den anderen vom Fußboden bis zur Decke mit Gold- und Silberhaufen angefüllt war. Hans wunderte sich über die unermeßlichen Schätze, womit man sämtliche Königreiche der Welt hätte kaufen können, und die hier nutzlos unter der Erde lagen.

Er fragte den Wirt: »Weswegen häuft Ihr hier einen so ungeheuren Schatz an, wenn doch kein lebendes Wesen von dem Gold und Silber Vorteil zieht? Käme dieser Schatz in die Hände der Menschen, so würden sie alle reich werden, und niemand brauchte zu arbeiten oder Not zu leiden.«

»Gerade deshalb«, erwiderte der Wirt, »darf ich den Schatz nicht an die Menschen übergeben; die ganze Welt würde vor Faulheit zugrunde gehen, wenn niemand mehr für das tägliche Brot zu sorgen brauchte. Der Mensch ist dazu geschaffen, daß er sich durch Arbeit und Sorgfalt erhalten soll.«

Hans wollte das durchaus nicht wahrhaben und bestritt nachdrücklich die Ansicht des Wirts. Endlich bat er, ihm doch zu erklären, was es fromme, daß hier all das Gold und Silber als Besitztum eines Mannes lagere und schimmele und daß der Herr des Goldes unablässig bemüht sei, seinen Schatz zu vergrößern, da er schon einen so überschwenglichen Überfluß habe?

Der Wirt gab zur Antwort: »Ich bin kein Mensch, wenn ich gleich Gestalt und Gesicht eines solchen habe, sondern eines jener höheren Geschöpfe, welche nach der Anordnung des Allvaters geschaffen sind, die Welt zu verwalten. Nach seinem Gebot muß ich mit meinen kleinen Gesellen ohne Unterlaß hier unter der Erde Gold und Silber bereiten, von welchem alljährlich ein kleiner Teil zum Bedarf der Menschen herausgegeben wird, nur knapp soviel als sie brauchen, um ihre Angelegenheiten zu betreiben. Aber niemand soll sich die Gabe ohne Mühe zueignen. Wir müssen deshalb das Gold erst fein stampfen und dann die Körnlein mit Erde, Lehm und Sand vermischen; später werden sie, wo das Glück will, in diesem Grant gefunden und müssen mühsam herausgesucht werden. Aber, Freund, wir müssen unsere Unterhaltung abbrechen, denn die Mittagsstunde naht heran. Hast du Lust, meinen Schatz noch länger zu betrachten, so bleib hier, erfreue dein Herz an dem Glanz des Goldes, bis ich komme, um dich zum Essen zu rufen.« Damit trennte er sich von Hans.

Hans schlenderte nun wieder aus einer Schatzkammer in die andere und versuchte hie und da ein kleineres Stück Gold aufzuheben, aber es war ihm ganz unmöglich. Er hatte zwar schon früher von klugen Leuten sagen hören, wie schwer Gold sei, aber er hatte es niemals glauben wollen – jetzt lehrten es ihn seine eigenen Versuche. Nach einer Weile kam der Wirt zurück, aber so verwandelt, daß Hans ihn im ersten Augenblick nicht erkannte. Er trug rote feuerfarbene Seidengewänder, reich verziert mit goldenen Tressen und goldenen Fransen, ein breiter goldener Gürtel umschloß seine Hüften, und auf seinem Kopf schimmerte eine goldene Krone, aus welcher Edelsteine funkelten, wie Sterne in einer klaren Winternacht. Statt des Tannenstockes hielt er ein kleines, aus feinem Gold gearbeitetes Stäbchen in der Hand, an welchem sich Verästelungen befanden, so daß das Stäbchen aussah wie ein Sproß des großen Tannenstockes.

Nachdem der königliche Besitzer des Schatzes die Türen der Schatzkammern verschlossen und die Schlüssel in die Tasche gesteckt hatte, nahm er Hans bei der Hand und führte ihn aus der Schmiedewerkstatt in ein anderes Gemach, wo für sie das Mittagsmahl angerichtet war. Tische und Sitze waren aus Silber; in der Mitte der Stube stand ein prächtiger Eßtisch, zu beiden Seiten desselben ein silberner Stuhl. Eß- und Trinkgeschirr, als da sind Schalen, Schüsseln, Teller, Kannen und Becher, waren aus Gold. Nachdem sich der Wirt mit seinem Gast am Tisch niedergelassen hatte, wurden zwölf Gerichte nacheinander aufgetragen; die Diener waren ganz wie die Männlein in der Schmiede, nur daß sie nicht nackt gingen, sondern helle, reine Kleider trugen. Sehr wunderbar kam Hans ihre Behendigkeit und Geschicklichkeit vor; denn obgleich man keine Flügel an ihnen wahrnahm, so bewegten sie sich doch so leicht, als wären sie gefiedert. Da sie nämlich nicht bis zur Höhe des Tisches hinanreichten, so mußten sie wie die Flöhe immer vom Boden auf den Tisch hüpfen. Dabei hielten sie die großen, mit Speisen angefüllten Schalen und Schüsseln in der Hand und wußten sich doch so in acht zu nehmen, daß nicht ein Tropfen verschüttet wurde. Während des Essens gossen die kleinen Diener Met und köstlichen Wein aus den Kannen in die Becher und reichten diese den Speisenden.

Der Wirt unterhielt sich freundlich und erläuterte Hans mancherlei Geheimnisse. So sagte er, als auf sein nächtliches Zusammentreffen mit Hans die Rede kam: »Zwischen Weihnacht und Neujahr streife ich oft zum Vergnügen auf der Erde umher, um das Treiben der Menschen zu beobachten und einige von ihnen kennenzulernen. Von dem, was ich bis jetzt gesehen und erfahren habe, kann ich nicht viel Rühmens machen. Die Mehrzahl der Menschen lebt einander zum Schaden und zum Verdruß. Jeder klagt mehr oder weniger über den andern, niemand sieht seine eigene Schuld und Verfehlung, sondern wälzt auf andere, was er sich selbst zugezogen hat.«

Hans suchte nach einer Möglichkeit, die Wahrheit dieser Worte abzuleugnen, aber der freundliche Wirt ließ ihm reichlich einschenken, so daß ihm endlich die Zunge so schwer wurde, daß er kein Wort mehr entgegnen und auch nicht verstehen konnte, was der Hausherr sagte. Binnen kurzem schlief er auf seinem Stuhl ein und wußte nicht mehr, was mit ihm vorging.

In seinem schlaftrunkenen Zustand hatte er wunderbare bunte Träume, in welchen ihm unaufhörlich die Goldbarren vorschwebten. Da er sich im Traum viel stärker fühlte, nahm er ein paar Goldbarren auf den Rücken und trug sie mit Leichtigkeit davon. Endlich ging ihm aber doch unter der schweren Last die Kraft aus, er mußte sich niederset- zen und Atem schöpfen. Da hörte er schäkernde Stimmen, er hielt es für den Gesang der kleinen Schmiede; auch das helle Feuer von ihren Blasebälgen traf sein Auge. Als er blinzelnd aufschaute, sah er um sich her grünen Wald, er lag auf blumigem Rasen, und kein Feuer von Blasebälgen, sondern der Sonnenstrahl war es, was ihm freundlich ins Gesicht schien. Er riß sich nun vollends aus den Banden des Schlafes los, aber es dauerte eine Zeitlang, ehe er sich auf das besinnen konnte, was ihm in der Zwischenzeit be- gegnet war.

Als endlich seine Erinnerungen wieder wach wurden, schien ihm alles so seltsam und so wunderbar, daß er es mit dem natürlichen Lauf der Dinge nicht zu reimen wußte. Hans besann sich, wie er im Winter einige Tage nach Weih- nacht in einer stürmischen Nacht vom Weg abgekommen war, und auch was sich später zugetragen hatte, tauchte wieder in seiner Erinnerung auf. Er hatte die Nacht mit einem fremden Mann an einem Feuer geschlafen, war am andern Tag bei diesem Manne, der einen Tannenstock führte, zu Gast gewesen, hatte dort zu Mittag gegessen und sehr viel getrunken – kurz, er hatte ein paar Tage in Saus und Braus verlebt. Aber jetzt war doch rings um ihn her vollständiger Sommer, es konnte also nur Zauberei im Spiele sein. Als er sich erhob, fand er ganz in der Nähe eine alte Feuerstelle, welche in der Sonne wunderbar glänzte. Als er die Stätte schärfer ins Auge faßte, sah er, daß der vermeintliche Aschenhaufen feiner Silberstaub und die übriggebliebenen Brände lichtes Gold waren. O dieses Glück! Woher nun einen Sack nehmen, um den Schatz nach Hause zu tragen? Die Not macht erfinderisch. Hans zog seinen Winterpelz aus, fegte die Silberasche zusam-

men, daß auch kein Stäubchen übrigblieb, tat die Gold-
brände und das Zusammengefegte in den Pelz und band
dann die Zipfel desselben mit seinem Gürtel zusammen,
so daß nichts herausfallen konnte. Obwohl die Bürde
nicht groß war, so wurde sie ihm doch gehörig schwer, so
daß er wie ein Mann zu schleppen hatte, ehe er einen passenden Platz fand, um seinen Schatz zu verstecken.
Auf diese Weise war Hans durch ein unverhofftes Glück
plötzlich zum reichen Mann geworden, der sich wohl ein
Landgut hätte kaufen können. Als er aber mit sich zu Rate
ging, hielt er es zuletzt für das beste, seinen alten Wohnort
zu verlassen und sich weiter weg einen neuen auszusu-
chen, wo die Leute ihn nicht kannten. Dort kaufte er sich
denn ein hübsches Grundstück, und es blieb ihm noch ein
gut Stück Geld übrig. Dann nahm er eine Frau und lebte
als reicher Mann glücklich bis an sein Ende. Vor seinem
Tode hatte er seinen Kindern das Geheimnis entdeckt, wie
es der Unterirdischen Wirt gewesen, der ihn reich gemacht. Aus dem Munde der Kinder und Kindeskinder
verbreitete sich dann die Geschichte weiter.

[Märchen aus Estland]

Una das Elbenmädchen

❊ ❊ ❊ ❊

Oeir hieß ein Mann, der wohnte zu Raudafell und hatte
dort einen guten Hof. Er war jung und hatte erst kürzlich
seine Frau verloren. Einmal, als seine Leute beim Heuen
waren, sah er, wie ein junges, hübsches Weibsbild kam,
und ohne ein Wort mit den Leuten zu sprechen, half sie bei
der Arbeit mit, und diese ging sogleich flink vonstatten.
Den nächsten Tag kam sie auch, und so ging es den ganzen
Sommer hindurch; niemals sprach sie ein Wort, und niemand wußte, woher sie kam und wohin sie ging. Aber
schließlich ging der Bauer zu ihr hin, grüßte sie und dankte
ihr für ihre Arbeit. Sie nahm es wohl auf. Sie sprachen
lange zusammen, und es kam so, daß der Bauer ihr anbot,
bei ihm Haushälterin zu sein. Dann verschwand sie, aber
am nächsten Morgen kam sie wieder und hatte nur eine
große Truhe bei sich. Die Truhe wurde in das Frauengemach gestellt. Das Mädchen nahm den Haushalt an sich,
war flink, stand ihm trefflich vor und gefiel dem Bauern
wohl. Aber sie wollte ihm nicht sagen, woher sie kam, und
sagte nur, daß sie Una heiße. Niemals ging sie zur Kirche,
wie sehr auch der Bauer ihr zuredete. Das war das einzige,
was ihm nicht an ihr gefiel, denn er war ein frommer
Mann.
Nun ging der Winter vorbei bis zum Weihnachtsfest. Die
Leute gingen zum Abendgesang, Una wollte nicht mitge-
hen, sondern blieb allein zu Hause, und als die Kirchgänger am Morgen heimkamen, fanden sie sie fertig zu ihrer
gewöhnlichen Arbeit. So blieb Una drei Jahre bei dem
Bauern, und sie wurde ihm sehr lieb; nur das eine grämte

ihn sehr, daß sie nicht zur Kirche ging. Über ihre Herkunft hatten die Leute verschiedene Ansichten, aber darüber waren sich alle einig, daß sonst kein so tüchtiges Frauenzimmer in dem ganzen Bezirk wäre wie Una. Nun kam das dritte Weihnachten heran, und Una blieb wieder daheim. Aber wie die Kirchgänger eben aufgebrochen waren, da wurde zufällig einem Knecht übel. Erst legte er sich nieder, aber schließlich ging er wieder zum Gehöft. Da sieht er, wie Una das Gehöft fegt und reinigt und sich mächtig mit der Arbeit beeilt. Er verbarg sich, so daß sie ihn nicht bemerkte.

Als sie mit aller Arbeit fertig war, ging sie in das Frauengemach und schloß ihre Truhe auf. Da nahm sie ein wunderschönes Kleid heraus und zog es an. Der Knecht meinte, niemals ein so schönes Frauenzimmer gesehen zu haben. Auch zog sie eine rote Decke aus der Truhe hervor und nahm sie unter den Arm. Dann schloß sie die Truhe, ging hinaus, schloß auch das Frauengemach, lief den Anger hinab und der Knecht ihr nach. Sie stand nicht eher still, als bis sie an ein kleines Moor gekommen war; dort breitete sie die rote Decke aus und stellte sich darauf. Der Knecht kam mit genauer Not noch auf einen Zipfel der Decke. Sogleich sanken sie in die Erde hinab, und das war wie Rauch, als sie da fuhren. Una bemerkte den Mann nicht, und so kamen sie auf einen grünen Anger. Da nahm Una das Tuch unter den Arm. Der Knecht erblickte ein prächtiges Gehöft auf dem Anger, dahin ging Una und er hinterher.

Dort war eine große Schar von Leuten, die kamen ihr entgegen und faßten sie bei den Händen. Ein schönes, prächtiges Mahl war bereitet. Die Leute setzten sich nieder, und Speise wurde aufgetragen: verschiedene Gerichte und Wein, und alles sehr üppig. Der Knecht erwischte ein Rippenstück von gedörrtem Schaffleisch: So fett hatte er in seinem ganzen Leben noch keins gesehen. Nach dem Mahl wurden verschiedene Spiele gespielt, alles kunstvoll und schön. Aber gegen Morgen sagte Una, daß sie nun heimfahren müßte, denn bald käme der Bauer von der Kirche. Sie verabschiedete sich von allen mit großer Freundlichkeit und lief weg. Der Knecht lief hinter ihr her und mit auf die Decke. So kamen sie auf die Erde, zu dem Moor; Una nahm das Tuch und ging heim in die Kammer, schloß Kleid und Decke ein und ging in den Hof. Der Knecht immer hinter ihr her, aber der legte sich dann nieder.

Nun kam der Bauer aus der Kirche und fragte den Knecht, wie es ihm ginge. Der sagt, schon um vieles besser. Una empfing sie wohl, und man setzte sich zu Tisch. Es gab auch hier Dörrfleisch nach des Landes Brauch. Da nahm der Bauer eine große Schafseite und sagte: »Hat eins von euch schon mal eine so große Schafseite gesehen?«

»Kann schon sein«, sagte der Knecht und zeigte das Rippenstück vor, das er in der Nacht erwischt hatte. Als aber Una das sah, verfärbte sie sich und lief schweigend fort, und niemand hat sie je wiedergesehen. Der Knecht aber erzählte, wohin er mit Una gereist war.

[Märchen aus Island]

Die Zwerge im Perlberg

Vor langer, langer Zeit stand am Perlberg eine kleine Hütte, und in der Hütte lebte ein fremder Mann mit seiner Frau und einem Töchterlein. Rings um die Hütte lag auch ein großer Garten mit vielen Obstbäumen; weil aber in dem Garten ein tiefer Teich war, kam das Kind nur selten hinein. Einst ging es wieder gegen den Herbst, und die Äpfel und Birnen waren reif. Da sprach der Vater zu dem Töchterchen: »Komm, wir wollen den großen Birnbaum abernten.«
Während nun jener pflückte und schüttelte, ging das Kind aus der Gartentür und stieg den Hügel hinan; als die Eltern es vermißten, suchten sie es im Teiche und überall und suchten es den ganzen Tag, fanden es aber nicht. Gegen Abend kehrte es heim und hatte ein Stückchen Kuchen in der Hand, von dem es eifrig aß. Als sie es fragten, wo es gewesen sei, antwortete es: »Auf dem Berge, bei den kleinen Kindern.«
Am folgenden Tag wollte der Vater einen großen Apfelbaum abpflücken und ging wieder mit der Tochter in den Garten. »Diesmal soll sie dir aber nicht wieder entschlüpfen!« dachte er und behielt sie lange sorgfältig im Auge; und sie entschlüpfte ihm doch auf den Hügel. Auf dem Baum saßen nämlich mitten unter den roten Äpfeln viele weiße Blüten, und während er die betrachtete, vergaß er des Kindleins. Wieder suchten sie es den ganzen Tag, ohne es finden zu können, und als es gegen Abend heimkehrte, hatte es ein großes Stück Kuchen in der Hand, das gab es den Eltern, da es selber satt war; es hatte aber auch viele

75

schöne Spielsachen, die waren alle aus Gold, und diese behielt es für sich selber und nahm sie mit in sein kleines Bett. Auf ihre Frage, wo es gewesen sei, antwortete es: »Auf dem Berge, bei den kleinen Kindern.«

Am folgenden Tag wollte der Vater Zwetschgen schütteln und nahm das Kind wieder mit; und diesmal gab er besser acht! Zwar saß ein wunderschöner Vogel auf dem Baume und sang, wie sonst kein Vogel singen konnte; der Vater aber ließ sich nicht betören. Er hörte nicht weiter auf den Vogel, sondern sah auf das Kind. Und als es aus dem Garten war, schlich er sachte hinterher, und als es auf dem Hügel war, sah er, wie eine kleine Tür aufgetan wurde, aus der es heller strahlte als die Sonne. Eben wollte das Kind eine feine Hand ergreifen, die herauslangte; da faßte er es an und schlug mit seiner Faust auf die Hand, daß es drinnen schrie und jammerte. Nun setzte er sich auf die Knie und schaute hinab, und welch eine Pracht! Ein großer Saal war da unten, und zahllose Zwerge saßen an einer goldenen Tafel und schmausten aus goldenem Gerät. »Da ist das Gold billig!« dachte er, nahm das Kind auf den Arm und holte einen blanken Spaten, grub mit demselben um die kleine Tür die Erde weg und stieg hinab. Weil aber die Zwerge ihn jämmerlich durchbleuten, eilte er wütend nach Hause und setzte einen Kessel voll Wasser auf das Feuer, und als es siedend heiß war, goß er's von oben in den Saal.

Das war ein Gewinsel da unten! In der Nacht wurde es laut am Perlberg: Die Zwerge zogen weg und zerstörten ihrem Vertreiber den Garten und die Felder. Die übrigen Leute aber, die von den Zwergen viel Gutes genossen hatten, merkten kaum den Abzug derselben, als sie herbeieilten und baten und bettelten, jene möchten bleiben. Das geschah nun freilich nicht; doch ließen sich ein Schuster, ein Schneider, ein Schmied, ein Bäcker und manche andere endlich bewegen, so lange zu bleiben, bis die Menschen, für die sie bisher immer gearbeitet hatten, von ihnen die Künste gelernt hatten. Aber die meisten konnten das Leben auf Erden und die menschliche Kost nicht vertragen und starben früh hinweg; einige machten sich bei Nacht und Nebel aus dem Staub, und nur wenige hielten länger stand, unter diesen der Schmied, der hundertundsechzig Jahre alt wurde.

[Märchen aus Deutschland]

Das Berggeistl

❧ ❧ ❧ ❧

Es war einmal ein blutarmes Weib, und das lag sterbens-
krank und hatte weder einen Bissen Brot noch einen roten
Pfennig zu Hause. Da sprach es zu seinem einzigen Kind,
das ein braves, frommes Mädchen war: »Geh in den Wald,
Moidele! und klaube dort Beeren. Die kannst du dann in
die Stadt tragen und heut verkaufen.«

Das Mädchen nahm sein Weidenkörbchen und ging in den
Wald hinein und kam immer weiter und weiter im dunklen
Forst, bis es endlich Schwarzbeeren in Unzahl fand. Es
sammelte nun dieselben ins Körbchen, gab auf nichts anderes acht und wurde des Pflückens nicht müde. Dabei
dachte es sich: Wenn ich das Körbchen gehäuft voll habe,
kann ich zwei Sechser bekommen und der Mutter auch
etwas Besseres als nur Brot kaufen. Indessen war der Tag
sehr vorgerückt, und der Abend dämmerte schon hinter
den Bergen herauf. Da stand auch das Mädchen auf, sah
seelenvergnügt aufs volle Körbchen und wollte heim-
gehen.

Es machte sich nun auf den Weg, doch bald war der Steig
verschwunden, und es wußte nicht, wohin und woher. Es
lief nun über Stock und Stein, durch dick und dünn, doch
je weiter es ging, desto dichter wurden die Bäume und
desto mehr begann es zu dunkeln. Da wurde es dem Kind
unheimlich zumute, es blieb stehen und weinte bitterlich.
Dann faßte es sich wieder und ging vorwärts, doch an ein
Herausfinden aus dem Wald war nicht zu denken. Wie
das Mädchen schon jede Hoffnung, nach Hause zu kommen, aufgab, trappelte es plötzlich durch die Bäume da-

her, und ehe sie es meinte, stand ein kleines, kleines
Männchen, das in grauen Baumbart gekleidet war, vor
ihr. Es war das Berggeistl. Als es sah, daß das Mädchen
weinte, redete es gar freundlich dieses an und fragte:
»Was fehlt denn dir, daß du weinst?«

»Ach«, antwortete schluchzend das Mädchen, »ich habe
Schwarzbeeren geklaubt, um dafür Brot und Fleisch für
die kranke Mutter zu kaufen, und jetzt find' ich nicht
mehr aus dem Wald und muß hier übernachten, und die
kranke Mutter ist ganz allein.«

»Wenn nur das fehlt«, erwiderte das Männchen, »so ist
dir leicht zu helfen. Warte, ich werde dich gleich aus dem
Walde führen, folge mir nur!«

Mit diesen Worten ging Berggeistl voraus, und wo es hin-
trat, war guter Weg. Das Mädchen folgte, obwohl es hun-
demüde war, und bald wurde der Wald lichter und lichter, und sie standen im Freien. Dem Mädchen klopfte
nun das Herz vor Freude, und es dankte dem kleinen
Männchen gar herzlich.

»Deine Mutter ist krank« sprach da das Berggeistl. »Weil
du so brav bist, soll ihr geholfen werden.« Da bückte es
sich und pflückte einige Kräuter, die es dem Kind gab.
»Siede sie heute noch, und gib das Wasser davon deiner
Mutter zu trinken, und sie wird gleich gesund werden.«
Das Berggeistl lächelte, und im Husch war es verschwunden.

Das Mädchen lief nun voll Freude heim und erzählte der
Mutter, was ihm im Wald begegnet war. Dann ging es in
die rußige Küche, machte Feuer an und siedete die Kräuter. Als dies geschehen war, seihte es das Wasser davon ab
und brachte es der Mutter. Diese trank es, und kaum
hatte sie den letzten Tropfen davon zu sich genommen,
als sie sich ganz gesund fühlte und aufstand.

Dies alles hatte der Bub des Nachbarn, der öfters in die
Hütte kam, gesehen und gehört und dachte sich: »Warte,

jetzt will ich auch in den Wald hinausgehen und mir solche Wunderkräuter geben lassen. Die will ich dann in der Stadt um teures Geld verkaufen und mir dafür Zuckerfeigen und anderes anschaffen.«

Gedacht, getan, am andern Tage ging der böse Bube in den Wald, aß dort Heidelbeeren, und als er deren satt war, drang er tiefer in den Wald und fing endlich zu flennen und zu heulen an, daß die Bäume widerhallten. Er hatte schon lange gelärmt, als das Berggeistl dahergegangen kam und fragte: »Was machst du hier in meinem stillen Wald für einen Lärm?«

»Weil ich nimmer heimfinde und meine kranke Mutter ganz allein ist.« Dabei weinte der Knabe und hob beide Hände auf und bat kniefällig, ihn doch aus dem Wald zu führen.

»Wenn dir nichts anderes fehlt, so soll dir geholfen werden«, sprach das Berggeistl und ging voran. Der Knabe folgte ihm. Da führte das Berggeistl den falschen Buben vier Stunden lang durch den dichtesten Wald, bergab, bergauf, so daß er todmüde wurde und seine Falschheit bitter bereute. Als der Knabe vor Müdigkeit beinahe nicht mehr weiterkam, standen sie endlich am Saum des Waldes. Da war der Knabe froh und wollte schon davonlaufen, als das Männlein sprach: »Warte, ich muß dir auch ein heilsames Kräutlein mitgeben.«

Bei diesen Worten bückte sich das Berggeistl und rupfte einige Blätter ab, die es dem Buben gab. Dann sprach es: »Siede sie dir und trink vom heilsamen Wasser.«

Kaum hatte der Knabe die Kräuter, so eilte er über Stock und Stein nach Hause und tat nach den Worten des Berggeistls. Er ging in die Küche, machte Feuer an und siedete die Kräuter. Dann seihte er das Wasser ab und trank es voll Gier. Doch sieh, kaum hatte er es getrunken, als er für seine Falschheit bitter, bitter bestraft wurde. Es begann ihn zu grimmen, daß er sich vor Schmerzen wie ein Wurm wand und bog. Das dauerte einige Tage, und seitdem war er ein braver Bursche, denn das Kräutlein hatte seine heilsame Wirkung getan.

[Märchen aus Süddeutschland]

Der unterirdische Nachbar

Es war einmal ein Bauer, der wohnte in Telemarken und hatte einen großen Hof, aber er hatte nur Mißwachs und Unglück mit seinem Vieh, und zuletzt kam er um Haus und Hof. Es blieb ihm fast nichts mehr, und für das wenige kaufte er sich ein Fleckchen Land, das ganz abseits lag, weit weg von der Stadt, im wilden Wald und in der Einöde. Eines Tages ging er durch den Hof, da begegnete er einem Mann. »Guten Tag, Nachbar«, sagte der Mann.

»Guten Tag«, sagte der Bauer, »ich meinte, ich sei allein hier; du bist mein Nachbar?«

»Da siehst du meinen Hof«, sagte der Mann, »er ist gar nicht weit von dem deinigen.« Und da lag ein Hof, wie er noch nie einen gesehen hatte, schön und stattlich und gut instand. Nun merkte der Bauer, daß das einer von den Unterirdischen war, aber er fürchtete sich nicht; er lud den Nachbarn ein, sein Bier zu versuchen, und der Nachbar ließ sich's wohl schmecken.

»Hör einmal«, sagte der Nachbar, »ein Ding solltest du mir zu Gefallen tun.«

»Laß mich zuerst hören, was das ist«, sagte der Bauer.

»Du mußt deinen Kuhstall verlegen, denn er steht mir im Weg«, gab er dem Bauer zur Antwort.

»Nein, das tu ich nicht«, sagte der Bauer. »Im Sommer erst hab ich ihn neu gebaut, und nun geht es gegen den Winter. Was soll ich denn dann mit meinem Vieh machen?«

»Ja, tu nur, wie du willst, aber wenn du ihn nicht niederreißt, so wird dich's noch reuen«, sagte der Nachbar. Und damit ging er.

Der Mann wunderte sich darüber und wußte nicht, was er tun sollte. Daß er sich gegen die Winternacht hin daranmachen sollte, den Stall niederzureißen, das schien ihm ganz unsinnig, und Hilfe hatte er auch fast keine.

Eines Tages, als er im Stall stand, sank er in den Boden hinein. Da unten, wo er hinkam, war es unerhört schön. Alles war aus Gold und Silber. Da kam auch der Mann, der sagte, er sei sein Nachbar, und hieß ihn niedersitzen. Nach einer Weile wurden Speisen auf silberner Platte und Bier in silbernem Kruge hereingetragen, und der Nachbar lud ihn ein, sich an den Tisch zu setzen und zu essen. Der Bauer wagte keinen Widerspruch und ließ sich am Tisch nieder, aber gerade als er mit dem Löffel in die Schüssel langen wollte, fiel von der Decke etwas herunter ins Essen, so daß ihm der Appetit verging.

»Jawohl«, sagte der Mann aus dem Berg, »da kannst du sehen, was deine Kühe uns schenken. Wir können nie in Ruhe essen, denn sobald wir uns zu Tisch setzen, fällt Unrat herunter, und wenn wir auch noch so hungrig sind, so vergeht uns der Appetit, und wir können nicht essen. Aber, wenn du mir den Gefallen tun willst, den Stall zu verlegen, so soll es dir niemals an Futter und guten Ernten fehlen, und wenn du noch so alt wirst. Wenn du aber nicht willst, so sollst du nichts als Mißwachs haben, solang du lebst.«

Als der Mann das hörte, ging er schleunigst daran, seinen Stall niederzureißen und an einem andern Platz wieder aufzubauen. Aber er mußte nicht allein bauen, denn zur Nacht, wenn alles schlief, wuchs der Bau ebenso wie am Tag, und er merkte wohl, daß der Nachbar ihm half.

Er bereute es auch später nicht, denn er hatte Futter und Korn genug, und sein Vieh gedieh schön. Einmal war ein schlimmes Jahr, und das Futter war so knapp, daß er mit dem Gedanken umging, seinen halben Viehstand zu schlachten oder zu verkaufen. Aber eines Morgens, als die

Kuhmagd in den Stall kam, war der Hütehund fort und mit ihm alle Kühe und das ganze Jungvieh. Sie fing an zu weinen und sagte es dem Bauern. Aber der dachte bei sich selbst, das wird wohl der Nachbar sein, der die Tiere auf die Weide genommen hat. Und das war auch so, denn gegen den Frühling, als es grün wurde im Wald, da sah er eines Tages den Herdenhund bellend und springend am Waldrand daherkommen, und hinter ihm kamen alle Kühe und alles Jungvieh, und die ganze Herde war so blank, daß es eine Freude war, sie anzusehen.

[Märchen aus Norwegen]

Die Prinzessin im Berge

⬧❈⬧ ⬧❈⬧ ⬧❈⬧ ⬧❈⬧

Es war einmal ein Hirtenknabe, der bei einem strengen
Bauern diente. Eines Tages war er draußen und sollte ein
Pferd im Wald weiden. Da geschah es ihm, daß er das Pferd
verlor, so daß er es den ganzen Tag suchen mußte. Gegen
Abend fand er es zerrissen liegen. Der Knabe erschrak und
dachte, nun müßte er das Pferd vergraben. Aber da kam
ein großer Löwe daher, der bat so schön um ein Stück
davon. Bekäme er es, dann sollte der Knabe sich in einen
Löwen verwandeln können, wann immer er wollte. Er
brauche nur zu sagen: »Mensch werde Löwe«, und schon
wäre er ein Löwe. Ja, darauf ging der Knabe ein. Dann kam
ein Falke herbeigeflogen. Auch er bat, etwas vom Pferde
abzubekommen, und dafür sollte der Knabe befähigt werden, sich in einen Falken zu verwandeln. Schließlich kam
eine Ameise, und auch sie wollte kosten und dürfte sie es,
dann bekäme der Knabe die Gabe, sich in eine Ameise zu
verwandeln. Und sie erhielten, um was sie baten.
Dann ging der Knabe nach Hause, und der Bauer fragte,
wo das Pferd geblieben sei. Als der Knabe es erzählte,
wurde der Bauer furchtbar böse, aber da sagte der Knabe:
»Mensch werde Löwe«, und sogleich stand ein schrecklicher Löwe vor dem Bauern. Da erschrak er und nahm
Reißaus, aber der Knabe verwandelte sich in einen Falken
und flog weit, weit fort.
Schließlich kam er zu einem Königsschloß. Dort war
große Trauer, denn die einzige Tochter des Königs, die
schöne Prinzessin, war von einem riesenhaften Troll entführt worden, und der König hatte sie demjenigen, der sie

befreien könnte, zur Frau versprochen. Das gedachte der Knabe zu versuchen. Er verwandelte sich wieder in einen Falken und flog hin zu dem Berg, wo das Ungeheuer hauste. Dort verwandelte er sich in eine Ameise, fand das Schlüsselloch und kroch hinein. Dann kam er in einen großen Saal tief drinnen im Berg, und dort saß die Prinzessin. Sie war so schön und sah so traurig aus, daß es dem Knaben leid um sie tat. Da verwandelte er sich wieder in einen Mann, so daß die Prinzessin sehr erschrak, als sie ihn erblickte, und fragte, wie er gekommen sei. Da erzählte ihr der Knabe alles. Aber sie weinte nur und sagte, daß niemand sie retten könnte. »Denn niemand«, sagte sie, »außer dem Ungeheuer, kann den Berg öffnen. Hier hausen drei Ungeheuer, und eines ist größer und schrecklicher als das andere. Im Kopf des größten nistet eine Taube, und im Kopf dieser Taube liegen drei kleine glatte Steine. Wenn man die Steine auf den Gipfel des Berges legt, dann spaltet sich der Berg, und dann könnte ich befreit werden.« Der Knabe tröstete die Prinzessin und sagte, es werde alles gutgehen. Dann kroch er wieder hinaus und legte sich auf den Berg, um das Ungeheuer zu erwarten.

Er mußte lange warten, aber plötzlich hörte er ein gewaltiges Trampeln. Dann sah er einen zottigen Schädel auftauchen. Das war einer der Trolle. Da verwandelte sich der Knabe in einen Löwen, sprang auf das Ungeheuer und zerriß es. Dann mußte er noch länger warten als vorher, denn nun kam der zweite Troll, und der war noch viel größer und zottiger als der erste. Mit diesem Troll konnte er kaum zurechtkommen, aber es gelang ihm auch. Aber als der dritte Troll kam, glaubte er wirklich, die Erde bewege sich. Er war so groß und so furchtbar häßlich, daß er sich wahrhaftig fürchtete, und er verwandelte sich wieder in einen Löwen und versuchte, sich so stark wie möglich zu machen. Aber dieser riesenhafte Troll war ärger als die anderen. Der Knabe war fast am Ende seiner Kräfte, aber da fiel ihm die arme Prinzessin ein, und da bekam er neue Kraft – und mit einem fürchterlichen Gebrüll gab der Troll schließlich seinen schwarzen Geist auf.

Nun nahm der Knabe sein Messer und schnitt dem größten Ungeheuer den Kopf ab. Aber so vorsichtig er auch war, die Taube war schneller als er. Sie entschlüpfte und flog davon. Der Knabe war traurig darüber, aber er verwandelte sich schnell in einen Falken und flog ihr nach. Über Land und Meer ging es, und endlich ermüdete die Taube und ließ sich auf einer kleinen Insel nieder. Da schoß der Falke auf sie hinunter und schlug sie, und in ihrem Kopf fand er die drei kleinen Steine, und mit denen flog er hoch oben über das Meer zurück.

Aber da geschah es, daß er die Steine verlor und sie ins Wasser fielen. Nun glaubte er, alles sei verloren. Er flog hinunter auf die Insel, wurde wieder ein Mensch und setzte sich auf einen Stein und weinte. Dort saß er so lange, daß er schließlich hungrig wurde. So dachte er, wenn er einen Fisch heraufzöge, hätte er wengistens etwas zu essen. Er fertigte deshalb eine Angelrute an und begann zu fischen und zog einen großen Fisch heraus und nahm sein Messer und begann ihn auszunehmen – und da fand er die drei kleinen Steine im Magen des Fisches. Der Fisch hatte sie verschluckt, und auf diese Art bekam der Knabe seine Steine wieder. Da wurde er so froh, daß er zu essen vergaß. Er verwandelte sich in einen Falken und nahm die Steine in den Schnabel und flog voll Hast wieder zum Berge zurück. Als er hinkam, flog er ein Stück in die Luft hinauf, und dann ließ er die Steine auf den Berg fallen. Da spaltete sich der Berg mit einem gewaltigen Getöse, und aus den Trümmern konnte er die Prinzessin heraufholen. Er nahm sie mit sich zum Königsschloß, und dort war die Freude groß. Und der König hielt für ihn und die Prinzessin Hochzeit.

[Märchen aus Schweden]

Zwergenmützchen

Es war einmal ein Müller, der hatte drei Söhne und eine Tochter. Die Tochter liebte er sehr, aber die Söhne konnte er gar nicht leiden, war stets unzufrieden mit ihnen und machte ihnen das Leben sauer, denn sie konnten ihm nie etwas recht machen. Darüber waren die Brüder sehr bekümmert und wünschten sich weit weg von ihrem Vaterhause und saßen oft beisammen, klagend und seufzend, und wußten nicht, was sie anfangen sollten.

Eines Tages, als die drei Brüder auch so betrübt beisammensaßen, seufzte der eine von ihnen: »Ach, hätten wir nur ein Zwergenmützchen, da wäre uns allen geholfen!«

»Was ist's damit?« fragte der eine von den beiden andern Brüdern.

»Die Zwerge, die in den grünen Bergen wohnen«, erläuterte der Bruder, »haben Mützchen, die man auch Nebelkäpplein nennt, und damit kann man sich unsichtbar machen, wenn man sie selbst aufsetzt. Das ist eine schöne Sache, liebe Brüder; da kann man den Leuten aus dem Weg gehen, die nichts von einem wissen wollen und von denen man nie ein gutes Wort empfängt. Man kann hingehen, wohin man will, nehmen, was man will, niemand sieht einen, solange man mit dem Zwergenmützchen bedeckt ist.«

»Aber wie bekommt man solch ein rares Mützchen?« fragte der dritte und jüngste der Brüder.

»Die Zwerge«, antwortete der älteste, »sind ein kleines, drolliges Völklein, das gern spielt. Da macht es ihnen große Freude, bisweilen ihre Mützchen in die Höhe zu werfen. Wupps! sind sie sichtbar, wupps! fangen sie das Mützchen wieder, setzen es auf und sind wieder unsichtbar. Nun braucht man nichts zu tun, als aufzupassen, wenn ein Zwerg sein Mützchen in die Höhe wirft, und muß dann rasch den Zwerg packen und das Mützchen geschwind selbst fangen. Da muß der Zwerg sichtbar bleiben, und man wird Herr der ganzen Zwergensippschaft. Nun kann man entweder das Mützchen behalten und sich damit unsichtbar machen oder von den Zwergen so viel dafür fordern, daß man für sein Leben lang genug hat, denn die Zwerge haben Macht über alles Metall in der Erde, kennen alle Geheimnisse und Wunderkräfte der Natur; sie können auch durch ihre Lehren aus einem Dummen einen Klugen machen und aus dem faulsten Studenten einen hochgelehrten Professor, aus einem Barbuzius einen Doktor und aus einem Advokatenschreiber einen Minister.«

»Ei, das wäre fein!« rief einer der Brüder. »So gehe doch hin, und verschaffe dir und uns solche Mützchen oder mindestens dir eins, und hilf dann auch uns, daß wir von hier fortkommen!«

»Ich will es tun«, sagte der älteste der Brüder, und bald war er auf dem Wege zu den grünen Bergen. Es war ein etwas weiter Weg, und erst gegen Abend kam der gute Junge bei den Zwergenbergen an. Dort legte er sich in das grüne Gras an eine Stelle, wo im Grase die Kringelspuren von den Tänzen der Zwerge im Mondenschein sich zeigten, und nach einer Weile sah er schon einige Zwerge ganz nahe bei sich übereinanderpurzeln, Mützchen werfen und spaßige Kurzweil treiben. Bald fiel ein solches Mützchen neben ihm nieder, schon haschte er danach, aber der Zwerg, dem das Mützchen gehörte, war ungleich behender als er, erhaschte sein Mützchen selbst und schrie: »Diebio! Diebio!« Auf diesen Ruf warf sich das ganze Heer der Zwerge auf den armen Knaben, und es war, als wenn ein Haufen

Ameisen um einen Käfer krabbelt, er konnte sich der Menge nicht erwehren und mußte es geschehen lassen, daß die Zwerge ihn gefangennahmen und mit ihm tief hinab in ihre unterirdischen Wohnungen fuhren, weshalb sie auch selbst »Unterirdische« heißen und genannt werden.

Wie nun der älteste Bruder nicht wiederkam, so bekümmerte und betrübte das die beiden jüngeren Brüder sehr, und auch der Tochter war es leid, denn sie war sanft und gut, und es betrübte sie oft, daß der Vater gegen ihre Brüder so hart und unfreundlich war und sie allein bevorzugte. Der alte Müller aber murrte: »Mag der Galgenstrick von einem Jungen beim Kuckuck sein, was kümmert's mich? Ist ein unnützer Kostgänger und Freßsack weniger im Hause. Wird schon wiederkommen, ist ans Brot gewöhnt! Unkraut verdirbt nicht.«

Aber Tag um Tag verging, und der Knabe kam nicht wieder, und der Vater wurde gegen die beiden zurückgebliebenen immer mürrischer und härter. Da klagten die zwei Brüder oft gemeinsam, und der mittlere sprach: »Weißt du was, Bruder? Ich werde jetzt selbst mich aufmachen und nach den grünen Bergen gehen, vielleicht erlange ich ein Zwergenmützchen. Ich denke mir die Sache gar nicht anders als so: Unser Bruder hat solch ein Mützchen erlangt und ist damit in die weite Welt gegangen, erst sein Glück zu machen, und darüber hat er uns vergessen. Ich komme gewiß wieder, wenn ich glücklich bin. Komme ich aber nicht wieder, so bin ich nicht glücklich gewesen, und für diesen Fall lebe du wohl auf immer.«

Traurig trennten sich die Brüder, und der mittlere wanderte fort nach den grünen Bergen. Dort erging es ihm in allen Stücken genauso, wie es seinem Bruder ergangen war. Er sah die Zwerge, haschte nach einem Mützchen, aber der Zwerg war flinker als er, schrie »Diebio! Diebio!«, und der helle Haufen der Unterirdischen stürzte sich auf und über den Knaben, umstrickte ihn, daß er kein

Glied regen konnte, und führte ihn tief hinab in die unterirdische Wohnung.

Mit der sehnsüchtigsten Ungeduld harrte der jüngste Bruder daheim in der Mühle auf des Bruders Wiederkehr, aber vergebens, und wurde dann sehr traurig, denn er wußte ja nun, daß sein mittlerer Bruder nicht glücklich gewesen war, und die Schwester wurde auch traurig, der Vater aber blieb gleichgültig und sagte nur: »Hin ist hin. Wem es daheim nicht gefällt, der wandere. Die Welt ist groß und weit. In meinem Hause hat der Zimmermann ein Loch gelassen. Wenn dem Esel zu wohl ist, geht er aufs Eis, tanzt und bricht ein Bein. Laßt den Guck in die Welt nur laufen, was grämt ihr euch um den Schlucker? Ich bin froh, daß er mir aus den Augen ist. Aus den Augen, aus dem Sinn!«

Der jüngste Bruder hatte im Ertragen gemeinsamen Leides bisher den Trost gefunden, den solches Ertragen gewährt, als nun seine beiden älteren Brüder fort waren, fand er seine Lage ganz unerträglich und sagte zu seiner Schwester: »Liebe Schwester, ich gehe nun auch fort, und schwerlich werde ich wiederkommen, wenn es mir ergeht wie unsern Brüdern. Der Vater liebt mich einmal nicht, und ich kann nichts dafür. Die Scheltworte, die früher auf uns drei niederfielen, fallen jetzt auf mich allein, das ist mir denn doch eine zu schwere Last. Lebe du wohl, und lasse dir es wohl ergehen!«

Die Schwester wollte ihren jüngsten Bruder erst nicht fortlassen, denn sie hatte ihn am allermeisten lieb, allein er ging dennoch heimlich von dannen und überlegte sich unterwegs recht genau, wie er es anfangen wollte, sich ein Zwergenmützchen zu verschaffen. Als er auf die grünen Berge kam, erkannte er bald an den grünen Kringeln im Gras den Ort der nächtlichen Zwergentänze und ihren Spiel- und Tummelplatz und legte sich in der Dämmerung hin und wartete ab, bis die Zwerglein kamen, spielten, tanzten und Mützchen warfen.

Eins derselben kam ihm ganz nahe, warf sein Mützchen, aber der kluge Knabe griff gar nicht danach. Er dachte, ich habe ja Zeit. Ich muß die Männlein erst recht sicher und kirre machen. Der Zwerg nahm sein Mützchen, das ganz nahe bei dem Knaben niedergefallen war, wieder. Es dauerte gar nicht lange, so fiel ein zweites Mützchen neben hin. Ei, dachte der Knabe, da regnet's Mützchen. Er griff aber nicht danach, bis endlich ein drittes ihm gar auf die Hand fiel; wuppdich, hielt er's fest und sprang rasch empor. »Diebio! Diebio! Diebio!« schrie laut der Zwerg, dem das Mützchen gehörte, mit feiner, gellender Stimme, die durch Mark und Bein drang, und da wimmelte das Zwergenvolk herbei und wurde ihm der Knabe unsichtbar, weil er das Mützchen hatte, und konnte ihm gar nichts anhaben. Und allesamt erhoben sie ein klägliches Jammern und ein Gewinsel um das Mützchen, er solle es doch um alles in der Welt wieder hergeben.

»Um alles in der Welt?« fragte der kluge Knabe die Zwerge. »Das wär mir schon recht! Aus dem Handel könnte etwas werden. Will aber erst sehen und hören, worin euer ›Alles‹ besteht. Vorerst frage ich: Wo sind meine beiden Brüder?«

»Die sind drunten im Schoß des grünen Berges!« antwortete der Zwerg, dem das Mützchen gehört hatte.

»Und was tun sie da?«

»Sie dienen!«

»So? Sie dienen – und ihr dient nun mir. Auf! Hinab zu meinen Brüdern! Ihr Dienst ist aus, und eurer fängt an!«

Da mußten die Unterirdischen dem irdischen Menschen gehorsam sein, weil er Macht über sie erlangt hatte durch das Mützchen. Welche Macht in und unter manchen Mützen und Mützchen steckt, ist ganz unbeschreiblich.

Die bestürzten und bekümmerten Zwerglein führten nun ihren Gebieter an eine Stelle, wo sich eine Öffnung in den grünen Berg fand, die tat sich klingend auf, und es ging

rasch hinein und hinunter. Drunten waren herrliche und
unermeßliche weite Räume, große Hallen und kleine Zimmer und Kämmerchen, je nach des Zwergenvolkes Bedarf,
und nun verlangte der Knabe gleich, ehe er sich nach etwas
anderem umsah, nach seinen Brüdern. Die wurden herbei-
gebracht, und der jüngste sah, daß sie in Dienertracht gekleidet waren, und sie riefen ihm wehmütig zu: »Ach,
kommst auch du, lieber guter Bruder, unser jüngster! So
sind wir drei nun doch wieder zusammen, aber in der Gewalt dieser Unterirdischen, und sehen nimmermehr wieder das himmlische Licht, den grünen Wald und die goldenen Felder!«

»Liebe Brüder«, erwiderte der jüngste. »Harret nur, ich
vermeine, das Blättlein soll sich wohl wenden.«

»Herrenkleider und Prunkgewänder für meine Brüder
und mich!« herrschte er die Zwerge an, hielt aber wohl-
weislich das werte Mützchen in der Hand fest, als seinem
Befehl augenblicklich Gehorsam geleistet wurde und das
Umkleiden vor sich ging. Nun befahl der Zwergengebie-
ter eine Tafel mit auserlesenen Speisen und trefflichen Weinen, dann Gesang und Saitenspiel nebst Ballett und Panto-
mime, in welchen Künsten die Zwerge das Ausgezeichnet-
ste leisten, was einer nur sehen kann, dann kostbare Betten
zum Ausruhen, dann Illumination des ganzen unterirdischen Reiches, dann eine gläserne Kutsche mit prächtigen
Pferden bespannt, um in den grünen Bergen überall her-
umzufahren und alles Sehenswerte in Augenschein zu
nehmen. Da fuhren die drei Brüder durch alle Edelstein-
grotten und sahen die herrlichsten Wasserkünste, sahen
die Metalle als Blumen blühen, silberne Lilien, goldene
Sommerblumen, kupferne Rosen, und alles strahlte von
Glanz und Pracht und Herrlichkeit. Dann begann der Gebieter Unterhandlung mit den Zwergen über die Zurück-
gabe des Mützchens und legte ihnen schwere Bedingungen auf: Erstens einen Trank aus den köstlichsten Heil-

kräutern, die mit allen ihren Kräften den Zwergen nur zu wohlbekannt sind, für seines Vaters krankes Herz, daß es sich umkehre und Liebe zu den drei Söhnen gewinne. Zweitens einen Brautschatz, so reich wie für eine Königstochter für die liebe Schwester. Drittens einen Wagen voll Edelsteine und Kunstgeräte, wie sie nur die Zwerge zu verfertigen verstehen, einen Wagen voll gemünztes Geld, weil das Sprichwort sage: Bares Geld lacht, und die Brüder gern auch lachen wollten, und endlich noch einen Wagen für die drei Brüder, höchst bequem eingerichtet, mit Glasfenstern, und zu diesen drei Wagen alles Nötige, Kutscher, Pferde, Geschirre und Riemenzeug.

Die Zwergen wanden sich und krümmten sich bei diesen Forderungen und taten so erbärmlich, daß es einen Stein erbarmt haben würde, wenn ein Stein ein Menschenherz hätte; es half ihnen aber all ihr Gewinsel nichts.

»Wenn ihr nicht wollt«, sagte der Gebieter, »so ist es mir auch recht, so bleiben wir da, es ist ja recht schön bei euch. Ich nehme euch allesamt, wie ihr seid, eure Mützchen; dann seht, was aus euch wird, wenn man euch sieht – tot werdet ihr geschlagen, wo sich nur einer von euch blicken läßt. Noch mehr! Ich fahre hinauf zur Oberwelt und sammle Kröten, die geb ich euch dann, jedem eine, vorm Schlafengehen, mit ins Bett.«

Wie der Gebieter das Wort Kröten aussprach, stürzten alle Zwerge auf ihre Knie nieder und riefen: »Gnade! Gnade! Nur das nicht! Um alles in der Welt! Nur das nicht!«, denn die Kröten sind der Zwerge Abscheu und Tod.

»Ihr Toren!« schalt der Gebieter. »Ich verlange gar nicht ›alles in der Welt‹, ich habe euch die allerbescheidenste Forderung gestellt, ich könnte ja unendlich mehr verlangen, allein ich bin ein grundguter Knabe. Ich könnte ja alles nehmen, und das Mützchen und die Herrschaft über euch fort und fort behalten, denn solange ich das Mützchen habe, würde ich ja, das wißt ihr wohl, nicht sterben. Also, ihr wollt meine drei kleinen Bedingungen gewähren? Nicht?«

»Ja, ja, hoher Herr und Gebieter!« seufzten die Zwerglein und gingen ans Werk, alles Begehrte herbeizuschaffen und alle Gebote zu vollziehen.

In der Mühle des alten greulichen Müllers droben war nicht gut sein. Als der jüngste Bruder auch davongegangen war, griesgrämelte der Müller: »Nun, der ist auch fort, bleibt auch aus, wie das Röhrenwasser, so geht es, das hat man davon, wenn man Kinder großzieht, sie wenden einem den Rücken zu. Nun ist nur noch das Mädchen da, mein Augapfel, mein Liebling.«

Der Liebling aber saß dort und begann zu weinen.

»Weinst schon wieder!« murrte der Alte, »denkst, ich soll denken, du weinst um deine Brüder? Um den Gauch weinst du, um den Liebhaber, der dich freien will. Ist so leer und ausgebeutelt wie ein Mehlsack – er hat nichts, du hast nichts, ich habe nichts, haben wir alle dreie nichts. Hörst du was klappern? Ich höre nichts. Die Mühle steht, schlechter kann es nicht stehen um eine Mühle, als wenn sie steht. Ich kann nicht mahlen, du kannst nicht heiraten, oder wir halten Bettelmanns Hochzeit. Wie?« Solcherlei Reden hatte die Tochter täglich anzuhören und verging fast in stillem Leid.

Da kamen eines schönen Morgens Wagen gefahren, einer, zwei, drei, und hielten vor der Mühle, kleine Kutscher fuhren, kleine Lakaien sprangen vom Tritt und öffneten den Schlag des ersten Wagens, drei junge hübsche Herrchen stiegen aus, fein gekleidet, wie Prinzen.

Dienerschaft wimmelte um die andern Wagen, lud ab, packte ab, schnallte ab, Kisten, Kasten, Kassetten, Toiletten, schwere Truhen, trugen alles in die Mühle. Stumm standen und staunend der Müller und seine Tochter.

»Guten Morgen, Vater! Guten Morgen, Schwester! Da

wären wir wieder!« riefen die drei Brüder. Jene starrten sie verwundert an.

»Trink uns den Willkommen zu, lieber Vater!« rief der Älteste und nahm aus eines Dieners Hand eine Flasche und schenkte einen überaus kunstvoll gearbeiteten Goldpokal voll edlen Trankes und hieß den Vater trinken. Dieser trank und gab den Pokal weiter, und alle tranken. Dem Alten strömte Wärme in das kalte Herz, und die Wärme wurde zum Feuer, zum Feuer der Liebe. Er weinte und fiel seinen Söhnen in die Arme und küßte sie und segnete sie. Und da kam der Geliebte der Tochter und durfte auch mittrinken und auch küssen.

Darüber fingen vor Freude die Mühlräder, die so lange stillgestanden, an, sich rasch zu drehen, um und um, um und um.

[Ludwig Bechstein]

Das Erdmännle und die Hebamme

In einem Wald bei Geislingen, nicht weit von Balingen, gab es ehedem viele »Erdmännle« und »Erdweible«. Das waren ganz kleine Leute, die taten alle Arbeit für die Menschen, kehrten das Haus, fütterten das Vieh und backten das Brot.

Einstmals kam ein solches »Erdmännle« nach Geislingen zu einer Hebamme und bat dieselbe, daß sie doch mit ihm gehen und seiner Frau, die eben niederkommen wollte, helfen möchte. Die Hebamme aber fürchtete sich, weil es Nacht war, und begehrte, daß auch ihr Mann mitgehe. Das Erdmännle hatte nichts dagegen und ging alsbald mit einer Laterne voran und zeigte der Hebamme und ihrem Mann den Weg in den Wald. Nach einer Weile kamen sie vor eine Moostür, die tat sich auf, und sie traten in einen unterirdischen Gang. Darauf kamen sie zu einer hölzernen Tür und gingen durch dieselbe hindurch. Endlich kamen sie noch an eine dritte Tür, die war aus glänzendem Metall, und darauf ging es eine Treppe hinunter, tief in die Erde hinein, und dann traten sie in ein prächtiges, großes Zimmer, woselbst das Erdweible in einem Bett lag und sogleich von der Hebamme entbunden wurde.

Da bedankte sich das Erdmännle recht schön und sagte: »Unser Essen und Trinken schmeckt euch doch nicht, deshalb will ich dir etwas andres mitgeben.« Und bei diesen Worten gab es der Hebamme eine ganze Schürze voll schwarzer Kohlen; die nahm sie zwar hin, dachte aber, wenn du nur erst draußen bist, so wirfst du sie wieder fort; denn sie fürchtete sich, das Erdmännle zu beleidigen, sonst hätte sie ihm die Kohlen sogleich wieder vor die Füße geschüttet.

Alsdann nahm das Erdmännle seine Laterne und leuchtete der Hebamme wieder heim. Unterwegs aber langte die Hebamme heimlich in ihre Schürze und warf eine Kohle nach der andern heraus, und das ging so fort bis dicht vor Geislingen. Da sagte das Erdmännle, welches wohl bemerkt hatte, was die Frau tat:

> »Wie minder ihr zettelt,
> Wie mehr ihr hättet.«

Und dann kehrte es um, bedankte sich nochmals und ging in den Wald zurück.

Jetzt wollte die Hebamme die übrigen Kohlen, die sie noch hatte, auf die Erde schütten; allein ihr Mann sprach zu ihr: »Dem Erdmännle scheint es Ernst zu sein mit seinem Geschenk; deshalb solltest du die Kohlen behalten.« Da nahm sie den Rest mit nach Haus. Wie sie daheim nun aber ihre Schürze auf den Herd ausschüttete, da waren statt der Kohlen lauter blinkende Goldstücke darin, so daß die Leute mit einem Mal sehr reich wurden und sich ein Gut kauften. Die Frau suchte nun auch noch sehr emsig nach den Kohlen, die sie verzettelt hatte, konnte aber keine mehr finden.

[Sage aus Schwaben]

Erdweiblein und Erdleute

·❧· ·❧· ·❧· ·❧·

In dem Küchenfelsen zu Oberbeuren hatten ehemals
schöne Erdweiblein ihre Wohnung und Küche, und von
der letztern schreibt sich sein Name her. Diese Weiblein
lud einst die Frau des Hauses, zu welchem der Felsen gehörte, mit den Worten ein:

> »Kommet her, ihr Armen,
> Esset auch von dem Warmen!«

worauf sie zu ihr gingen und sich den vorgesetzten frischen Zwiebelkuchen trefflich schmecken ließen. Von nun
an standen sie mit den Leuten dieses Hauses in freund-
schaftlichem Verkehr. Aus dem Teig, welchen dieselben
abends eingelegt, buken sie ihnen in der Nacht das Brot,
und zur Arbeit auf dem benachbarten Acker brachten sie
ihnen aus ihrer eigenen Küche Essen. Die silbernen Geschirre, worin dieses enthalten war, sowie die dazugehö-
renden Silberbestecke mußten jedoch von den Leuten
wieder auf den Acker gestellt werden, von wo die Weiblein
sie dann zurückholten.
Einmal aber behielt der Knecht eine der Gabeln für sich
zurück, und daraufhin ließen die Weiblein sich nicht mehr
blicken; obwohl man den Rauch ihrer Küche noch
manchmal aufsteigen sah.
Nach der Aussage eines anderen liegen in dem Felsen
große Reichtümer verschlossen, und er versicherte, denselben mit drei Rosmarinstengeln öffnen zu können.
Als in der Höhle bei Hasel noch Erdleute wohnten, kamen

sie nicht allein in dieses Dorf, sondern auch in die andern Orte der Umgegend. Die Erdweiblein brachten den Leuten von ihrem frisch gebackenen Kuchen, wiegten in Abwesenheit der Mütter die kleinen Kinder, fanden abends mit ihren Rädern sich in den Spinnstuben ein, blieben aber nie länger als bis zehn Uhr, weil sonst, wie sie sagten, ihr Herr sie zanke. Auch halfen sie und die Erdmännlein Hanf schleißen, das Vieh pflegen (welches dabei vorzüglich gedieh), die Frucht schneiden und in Garben binden. Hierbei sprang einmal einem der Männlein ein Knebel so heftig an den Kopf, daß es ein klägliches Geschrei erhob. Daraufhin liefen alle Erdleute aus der Nähe herbei und fragten, was geschehen sei; aber als sie es erfuhren, gingen sie mit den Worten: »Selber tan, selber han« wieder auseinander.

Bei Hausen hatten sie eine kleine Höhle, die das Erdmännleinsloch hieß, und in die dortige Hammerschmiede kamen oft nachts solche Männlein und arbeiteten wacker mit.

Ein anderes Erdmännlein pflegte bei Nacht in der Wehrer Mühle, wenn der Müller schlief, für ihn zu mahlen. Weil es immer so schlecht gekleidet war, ließ er ihm heimlich einen neuen Anzug machen, legte ihn abends auf den Mühlstein und dann sich oben an eine Speicheröffnung, um das Männlein zu beobachten. Als dasselbe kam und die Kleider sah, zog es sie sogleich an, ging darauf hinweg und betrat die Mühle niemals wieder.

Für ihre Dienstleistungen begehrten die Erdleute nur hie und da Obst oder reinlich bereiteten Kuchen. Wo sie hinkamen, brachten sie Glück und Segen; durch Fluchen aber wurden sie augenblicklich vertrieben. [Sage aus Baden]

Der Sellerie

Ein Vater hatte drei Töchter. Eines Tages war er hungrig und sagte zur ältesten Tochter: »Geh hinaus und koch mir ein wenig Reis, denn ich will etwas zu essen haben.« Sie ging den Reis kochen; da fiel ihr ein, auch Sellerie zu nehmen, und sie ging in den Garten hinab. Sie suchte die schönste Pflanze aus und wollte sie ausziehen, als sie bemerkte, daß der Sellerie, so wie sie zog, nur tiefer sank. Da lief sie wieder hinauf und sagte es der zweiten Schwester. Auch diese kam und versuchte, die Pflanze auszuziehen, aber sie erfuhr das gleiche. Nun schickten sie die jüngste Schwester, welche zugleich die schönste und lebhafteste war, in den Garten hinab. Diese zog mit aller Kraft, aber statt daß sie den Sellerie ausgezogen hätte, wurde sie davon hinabgezogen.

Da stand sie auf einer weiten Wiese, und vor ihr war ein großes Schloß. Herzhaft ging sie darauf zu, und es kam ihr ein alter Mann mit langem weißen Bart entgegen, welcher sie freundlich aufnahm und ihr im Schloß eine Wohnung einräumte. Er behandelte sie sehr gut, und nach einiger Zeit bat er sie, seine Frau zu werden. Sie weigerte sich lange, endlich aber, als sie sah, wie gut der Alte mit ihr sei und wie er sie wahrhaft liebe, willigte sie ein und wurde seine Gemahlin. Darauf übergab er ihr alle Schlüssel, verbot ihr aber streng, ein gewisses Zimmer zu öffnen. »Du wirst es schwer bereuen, wenn du mein Gebot nicht befolgst«, warnte er sie mit würdevollem Ernst.

Monate verflossen, da war der Alte einmal abwesend, und sie beschloß, obwohl sie gesegneten Leibes war, das verbotene Zimmer zu öffnen. Sie tat es und sah in einem Gemach viele Weiber, welche schöne goldverzierte Linnen, Windeln und Kinderwäsche ordneten und bügelten; auch stand dort eine Wiege von lauterem Gold. »Für wen arbeitet ihr denn?« fragte sie verwundert.

»Für dich, du abscheuliche Hexe!« erwiderten die Weiber zornig. Erschrocken und voll Reue über ihren Vorwitz ging sie weg. Als der Alte nach Hause kam, merkte er es gleich, daß sie im verbotenen Zimmer gewesen sei. Anfangs war er zornig, dann aber ward er traurig und sagte: »Wisse, daß ich ein verzauberter Prinz bin; hättest du deine Neugierde besiegt, so wär' ich bald erlöst worden, nun aber muß ich wohl wieder lange der Erlösung harren. Bei mir darfst du nicht länger bleiben – fliehe!«

Betrübt verließ sie das Schloß. Nach langer mühsamer Wanderung kam sie in eine Stadt und bat im königlichen Schloß um Nachtherberge. Darin lebte eine Königin, die war seit langer Zeit schon sehr traurig, denn ihr einziger Sohn war plötzlich fortgekommen, und man wußte nicht, wie und wohin. Sie kam selbst heraus, und da sie das Mädchen in solchem Zustande sah, erbarmte sie sich ihrer und ließ ihr ein Zimmer anweisen. In der Nacht gebar sie, und als dies der Königin berichtet wurde, traf sie alle Vorsorge für Mutter und Kind und bestellte ihr sogar zwei Wärterinnen.

Als nun in der folgenden Nacht Mutter und Kind schliefen, trat auf einmal der Alte leise herein und sagte: »Goldene Laterne mit silbernen Dochten, wacht oder schläft meine Herrin?«

»Sie schläft!« antwortete die Laterne. Da trat er zum Bett, legte schöne goldverbrämte Windeln darauf und küßte Mutter und Kind. Dann sprach er traurig:

> »Wenn die Hähne nicht krähten,
> Wenn die Glocken nicht läuteten,

Wenn die Stunden nicht schlügen,
Mein Herz, so blieb' ich hier,
Die ganze Nacht bei dir!«

Darauf schlich er leise wieder hinaus. Die zwei Wärterinnen aber waren schon früher voll Schrecken entflohen und
erzählten der Königin, was sie gesehen hatten.

Für die folgende Nacht bestellte die Königin vier Wärterinnen. Um zwölf Uhr kam der Alte wieder und sprach
und tat alles, wie in der vorigen Nacht. Die vier Wärterinnen aber wagten sich vor Schrecken nicht zu rühren, und
als der Alte wieder fort war, flohen sie und hinterbrachten
es wieder der Königin.

Die dritte Nacht wachte die Königin selbst bei der Wöch-
nerin. Um zwölf Uhr trat der Alte wieder leise herein und
sagte: »Goldene Laterne mit den silbernen Dochten,
schläft oder wacht meine Herrin?«

»Sie wacht!« rief die Königin und trat ihm entgegen, doch
der Alte entfloh. Die Königin eilte ihm nach und hielt ihn
am Rock, aber er riß sich los, und der Königin blieb nur
ein Rockschoß in der Hand. In der Tasche desselben fand
sie zu ihrem großen Erstaunen einen Sellerie.

Am folgenden Tag beriet sie sich mit ihren Frauen, was mit
dem Sellerie zu tun sei. Sie redeten hin und her; endlich
gab eine den Rat, denselben zu verbrennen. Sie trugen ihn
zum Herd und warfen ihn in das Feuer. In demselben
Augenblick hörte man Wagengerassel und Pferdegetram-
pel vor dem Schloß, und als die Königin die Stiege hinab-
eilte, kam ihr schon ein junger schöner Prinz entgegen.
Das war ihr lange schmerzlich vermißter Sohn, und das
arme junge Weib, welches sie vor drei Tagen mitleidig auf-
genommen hatte, war des Prinzen Frau und ihre Schwie-
gertochter. Wieviel Freude nach langer Trauer!

[Märchen aus Tirol]

Die Gottwergini

⊰❀⊱ ⊰❀⊱ ⊰❀⊱ ⊰❀⊱

Im dichten Tannen- und Föhrenwald von Oberems hatte sich ein zahlreiches Zwergenvolk, gewöhnlich nur Gottwergini geheißen, eingenistet, von dem gute und schlimme Dinge erzählt wurden.

Ein Bauer, dessen Hütte hinter dem Emserwald am Fuß starr aufragender Flühe lag, hatte ein kleines Kind erhalten. Er war in Not, wen er jetzt zum Paten nehmen solle. Verwandte hatte er keine, und da er noch nicht lange hier oben wohnte, besaß er auch noch keine Freunde über dem Walde. Da ging er eines Sonntags hinauf in den Wald, wo die Zwerge hausten, und bat einen derselben, dem Kinde Pate zu sein. Der Zwerg war hocherfreut ob der Ehre, bedauerte aber, dem Kinde kein Geschenk geben zu können, da er arm sei. Er besitze freilich schon etwas in der Höhle, das ihm einst nützlich werden könnte. Er verschwand drin, brachte eine kohlschwarze Wurzel heraus und sagte: »Wenn dir einmal die Ernte mißrät, so wirf dem Vieh im Stall gehörig Futter in die Barre, verteile die Wurzel unter deine Familie, damit jedes ein Stücklein davon ißt, grabt euch im Heustock ein tiefes Loch, kriecht hinein und deckt euch recht warm zu. Aber ihr werdet über meine Rede doch nur lachen!«
Der Zwerg band die Wurzel sorgsam mit dürrem Laub ein, als ob sie Gold wäre, und machte ein sehr ernsthaftes Gesicht dazu.
Der Bauer lachte wirklich über die drollige Rede des Zwerges, und als er zu Hause die Wurzel aus dem Laub

herausschälte und wiederholte, was der Zwerg dazu gesprochen, lachte die Familie mit.

Jahre verstrichen, und die Wurzel fiel in Vergessenheit. Da
gab es einen schlechten Sommer. Das Korn mißriet, eine
schreckliche Dürre herrschte bis in den Herbst hinein, für
die Schweine gab es keine Futterabfälle, für das Vieh fast
kein Heu, und die Schafe hatte eine Lawine verschüttet.
Die Familie war in großer Not und gedachte mit Schrek-
ken des langen Winters und ihrer Mittellosigkeit. Da erinnerte sich der Bauer des Patengeschenkes des Zwerges. Er
dachte, probieren könne man es immerhin mit der Wurzel,
giftig werde sie nicht sein, und wenn sie nicht helfe, so
schade sie auch nicht. Er holte die Wurzel, die dürr und
hart geworden war wie Leder, aus dem Schränklein, zer-
teilte sie und gab einem jeden ein Stücklein zu essen, dann
warf er den Tieren die Barre voll, so viel er nur hineinstopfen konnte, ging zum Heustock, grub für sich, seine Frau
und die Kinder ein großes Loch, deckte alle warm zu und
sich ebenfalls, so daß der Kopf nur von der Nase aufwärts
frei war, dann wurde es still, und die Familie schlief ein. Es
war im Spätjahr.

Als sie erwachten und durch die Balken des Scheuerleins
hindurchguckten, grünten draußen die Wiesen. Sie erhoben sich und gingen hinaus. Der Schnee hatte sich schon
auf die Berge zurückgezogen, das braune dürre Laub der
Buchen war verschwunden, und ein helles Grün leuchtete
aus den dunklen Tannen. Sie hatten wahrhaftig den ganzen
Winter durchgeschlafen. Der Zwerg hatte ihnen ein Paten-
geschenk gemacht, für das sie ihm großen Dank schuldig
waren. Der Bauer ging auch schon am nächsten Tage hinauf in den Wald, aber die Höhle war leer, und die Zwerge
waren alle fortgezogen.

Ein Oberemser Bursche hatte die Tochter eines Zwerges, namens Türliwirli, geheiratet. Vor der Hochzeit bat ihn die Tochter, ihr doch zu versprechen, sie nie beim Namen zu nennen, was der Bursche auch gelobte. Sie erhielten zwei Kinder und lebten glücklich miteinander. Als die Kinder sechs- und siebenjährig waren, ging der Mann Anfang Juni ins Alpwerk. Wie er bei seinem Äckerlein vorbeiging und das Korn so schön stand, rechnete er im stillen den Ertrag der Ernte zusammen.

Als er zu später Abendstunde nach Hause zurückkehrte, sagte die Frau, heute hätte sie böse Zeit gehabt; diese Nacht werde es gefrieren, und da habe sie das grüne Korn geschnitten und zwischen Tannenreiser gelegt. Der Mann fuhr auf und rief in hellem Zorn: »Du vermaledeites Türliwirli!«

Er wollte noch mehr sagen, aber da war sie schon zur Tür hinaus und verschwunden. Am Morgen aber lag ein dikker Reif auf den Fluren, und die Saaten der Nachbarsleute gingen alle zugrunde; der Bauersmann aber konnte sein Korn dem Vieh als Futter vorwerfen, das doppelte Milch erzeugte. Da bereute er sein rasches Wort, und er hätte seine Frau gerne um Verzeihung gebeten, aber sie war weg. Er ging jeden Tag ins Tal hinunter zur Arbeit und kam gegen Abend wieder nach Hause. Die Kinder ließ er daheim.

Da trat, wenn er fort war, die Mutter schnell zur Tür hinein, wusch und kämmte die Kinder und räumte die Stube auf. Als der Vater heimkam, fragte er die Kinder, wer denn das besorgt habe, und als sie erwiderten, die Mutter, gebot er ihnen, sie doch zu bitten, sie möchte wieder zurückkommen. Die Kinder richteten die Bitte aus, aber die Mutter wollte nichts davon wissen. Da beauftragte der Mann einen Freund, die Tür abzuschließen, sobald die Mutter hereingeschlüpft sei, und ihn zu rufen. Der Freund führte den Auftrag aus und rief den Mann, der in der Nähe gewartet, herbei. Dieser schloß das Haus auf, flehte seine Frau um Verzeihung an und bat sie, ihn nicht mehr zu verlassen. Die Frau blieb nun im Haus und lebte noch lange Jahre glücklich mit ihrem Mann.

[Märchen aus dem Wallis]

Die Erde als selbsttätige Kraft

❖ ❖ ❖ ❖

Im Märchen wird die Erde noch als mächtige numinose Kraft aufgefaßt, die gleich der Großen Göttin im Mythos Leben erschafft
und beschützt. Der Mensch, der gegen die heiligen Gesetze des Lebens verstößt – die Gaben, welche die Erde hervorbringt, verschwendet und Leben tötet –, wird von der schrecklichen Rache der
Göttin getroffen: Sie öffnet ihren riesigen Schlund und verschlingt
den Frevelnden.

»Die Erde als selbsttätige Kraft«

Die Blümlisalp

Das weite Schneefeld hinter dem Dembachhorn war in alter Zeit eine prächtige fruchtbare Alp, die dem reichsten Bauern des Tales gehörte. Dieser hatte einen einzigen Sohn, und der war der Stolz der Familie. Als der Vater sich alt fühlte und der Sohn groß und stark geworden war, sandte er ihn hinauf auf die Alp und gab ihm Knechte und Mägde mit; er aber blieb unten im Tal. Zum Abschied gab er ihm die Hand und sprach ihm zu: »Sei willig zur Arbeit und hüte dich, das, was dir der Himmel schickt, mit vollen Händen wieder hinauszuwerfen!« Der Sohn gelobte es und reiste ab.

Viele Jahre waren seitdem verstrichen; der Vater war alt und lebenssatt geworden, und da hegte er den Wunsch, vor seinem Tod noch einmal auf die Alp hinaufzusteigen und zu sehen, wie dort oben die Wirtschaft geführt werde. Die Nachbarn hatten schon lange allerlei gemunkelt, wie man dort oben Verschwendung und lasterhaften Luxus treibe, aber der Bauer hatte den üblen Reden kein Gehör geschenkt, und sein Vertrauen auf den Sohn war fest wie zuvor.

Mühsam und keuchend stieg er bergan, ruhte öfters aus, und als er die Hütten erblickte, da war er so durstig und matt, daß er froh war, bald am Ziel zu sein. Die Alp strotzte von Fruchtbarkeit, und das freute ihn; als er aber zu den Hütten kam, glaubte er seinen Augen nicht trauen zu dürfen. Die Treppen der Sennerei waren aus gelben Käslaiben gebildet; rings um die Hütten war der Boden mit Butter und Ziegerballen gepflastert; die Dächer sah er statt mit Steinen mit Käsen beschwert und den Pferch mit mannshohen Ziegerstollen umzäunt und, o Graus! er sah die Sennen, wie sie mit schweren Butterballen nach den Kegeln warfen und sich damit belustigten.

Der Sohn hatte ihn seit geraumer Zeit erblickt und zeigte sich sehr unwillig über den Besuch. Erst nachdem der Vater mit dem Stock zweimal geklopft, kam er und tat gar verwundert, warf ihm einen bösen Blick zu und fragte trotzig, was ihn heraufführe.

Der Vater sagte: »Nun, weiter nichts, aber jetzt gib mir zu trinken, denn ich habe Durst.«

Da füllte der Sohn eine Schale mit Magermilch, streute Sand hinein und setzte sie dem Vater vor. Dieser setzte die Schale an, trank sie aber nicht aus. Er wischte sich den Mund mit dem Rockärmel, erhob sich, schritt wankend zur Tür hinaus und sagte in einem Ton, der aus gepreßter Kehle stieg, er sei zum letztenmal hier oben gewesen und werde ihn nicht mehr belästigen. Dann stapfte er eine Strecke weit bis ans Ende der Alp, kehrte sich um, ballte die Faust und rief mit einer Stimme, die durch die Felsen hallte: »Ihr Hügel und Berge, fallet nieder und decket meinen Sohn, seine Gefährten, die ganze Viehherde und alles, alles zu!«

Da ging ein Ton durch die Lüfte, wie ein Stöhnen und Ächzen. Der Himmel verfinsterte sich, der Boden zitterte, Blitz folgte auf Blitz, Schlag auf Schlag. Ein dumpfes Sausen und Brausen näherte sich, schwoll an zu einem orkanartigen Sturm, und nun senkte sich die Spitze des Dembachhornes, zerschellte im Aufschlagen in tausend und abertausend große und kleine Blöcke, eine gewaltige Steinlawine rasselte nieder und begrub die blühende Alp unter Schutt und Trümmern. Die Hütten und die Herden samt den fetten Alpwiesen, der undankbare Sohn, die Knechte und Mägde, alles, alles war spurlos verschwunden, untergegangen im Trümmermeer.

Der Vater stand da, in schauerliche Lust versunken, doch als er die schreckliche Verwüstung sah, zitterte ihm das Herz in der Brust, und er trat betrübt den Heimweg an. Er konnte nie mehr froh werden, denn sein Fluch gereute ihn, und so ist er bald darauf vor Jammer und Herzeleid gestorben.

[Märchen aus dem Wallis]

Die Prinzessin in der Erdhöhle

·❈· ·❈· ·❈· ·❈·

Es waren einmal zwei Könige, die wohnten nahe beieinander. Der eine hatte einen Sohn, der andere eine Tochter. Irgendein Weiser hatte ihnen, als sie noch Kinder waren, geweissagt, daß sie einander heiraten würden, wenn sie groß wären. Und als sie aufwuchsen, fanden sie immer mehr Gefallen aneinander. Da verfeindeten sich die Könige plötzlich, und der Vater der Prinzessin sagte zum Vater des Prinzen: »Dein Sohn wird meine Tochter niemals bekommen!«

Und er ruderte mit ihr zu einer kleinen Insel weit draußen im Meer und grub eine Erdhöhle tief in die Erde hinein. Dorthin schaffte er Speis und Trank und Lichter, so daß es für sieben Jahre reichen sollte. Und einen Hahn und eine Katze sollte sie zur Gesellschaft haben. Wenn die sieben Jahre um wären, wollte er mit einer neuen Ladung zu ihr kommen. Ihrem Bräutigam hatte sie jedoch ein Hemd geben können, das sie bloß zugeschnitten und einige Stiche daran gemacht hatte und gesagt, daß es nie fertig werde, ehe sie es nicht selbst mache; und dann hatte sie ihm ein Taschentuch mit drei Blutstropfen darauf gegeben, das nicht eher rein werden könnte, ehe es die Prinzessin nicht selber waschen dürfte.

Der Prinz suchte vergeblich nach ihr, und schließlich kam es zum offenen Krieg zwischen den beiden Reichen, und der Vater der Prinzessin wurde getötet und sein Schloß verbrannt.

Als die sieben Jahre um waren, war Licht und Essen in der Erdhöhle zu Ende, und die Prinzessin wartete vergeblich auf ihren Vater. Aber die Katze kratzte, und der Hahn scharrte, so daß ein wenig Licht hereinzuströmen begann. Da fing sie an, selbst zu graben, und schließlich kamen sie heraus. Da stand ein Wolf vor ihr und sagte: »Setz dich auf meinen Rücken!« Und dann schwamm er mit ihr an Land.

Allgemach kam sie zu einer Hütte, in der ein armer alter, einsamer Mann wohnte, der mit Kohlenbrennen seinen Unterhalt erwarb. Sie fragte, ob sie bei ihm wohnen dürfte, und das durfte sie. Die Hütte lag nicht weit von dem Schloß, in dem der Prinz wohnte – und man sagte, der Prinz habe versprochen, sich mit derjenigen zu verheiraten, die ein Hemd fertig nähen und ein Taschentuch rein waschen könnte. Viele hatten es versucht, aber keine hatte es gekonnt.

Einmal kam ein junges Fräulein zu der Hütte, wo die Prinzessin und der Köhler wohnten. Der Köhler erzählte, daß das Mädchen, das bei ihm wohne, geschickt sei im Nähen und Waschen. Da bat die Besucherin sie, ihr zu helfen, und es dauerte nicht lange, bis das Hemd fertig und das Taschentuch rein war; denn die Prinzessin wußte nicht, daß der Prinz sie gesucht hatte, und sie grämte sich wegen ihres Vaters Tod. Der Prinz aber begriff auch nicht, wer anders das Hemd fertig genäht und das Taschentuch rein gewaschen habe, wenn nicht diejenige, die er suchte. Deshalb wurde die Hochzeit bestimmt. Doch als alle Gäste gekommen waren, schickte das junge Fräulein, für das die Prinzessin genäht hatte, Botschaft an sie, daß sie mit dem Prinzen zum Priester gehen sollte, da sie selbst jeden Augenblick ein Kind bekommen könnte.

Nun mußte sich die Prinzessin in den Brautstaat mit Schleier kleiden, während sich die Braut im Stall versteckte. Als sie zur Kirche reiten sollten, sagte die angebliche Braut zum Prinzen:

>Hier klingt der Hufeisen Schall,
und die Frau gebiert im Stall.«

>Was sagst du?« fragte er.
>Ich spreche nur mit meinem Pferd.«
Dann kamen sie zu einer Brücke. Dort sagte sie:

>Lieg still, du Brücke über Bachesbreiten,
zwei Königskinder wollen hinüberreiten.«

Er fragte, was sie gesagt habe, und sie antwortete: »Ich
rede nur zu meinem Pferd.«
Als sie an der Ruine vorbeiritten, die einmal das Schloß
ihres Vaters gewesen war, sagte sie:

>Wo einstens fröhliche Feste,
sind Asche und traurige Reste.
Hier wühlt manch schwarzes Schwein,
wo einst floß Bier und Wein.«

Er fragte, was sie sagte, und sie antwortete: »Ich spreche
nur mit meinem Pferd.«
Als sie bei der Kirche angekommen waren, geschah es, daß
er aus Versehen etwas Schnee auf sie warf, und er bat sie
sogleich um Verzeihung. Da lachte sie verächtlich auf, und
als er fragte, warum sie dies tue, antwortete sie: »Ich kann
nicht anders. Wegen etwas Schnee bittest du um Verzeihung, aber dafür nicht, daß du meinen Vater getötet hast!«
Der Prinz ahnte Schlimmes und zog ein goldenes Armband hervor, das er um ihren Arm legte. Das konnte verschlossen werden, und den Schlüssel nahm er an sich.
Dann führte er sie zum Altar, und sie wurden unauflösbar
getraut.
Als das Brautgefolge zurückkam, setzten sie sich zu Tisch.
Ein Gast, der lange im Schloß gewesen war, fragte die
Prinzessin, ob sie nichts zu erzählen habe. Sie antwortete:

»Sieben Jahre ich in der Erdhöhle saß,
Lieder und Rätsel ich dort vergaß.
Viel Weh hab' ich erlitten,
auf dem Wolf bin ich geritten,
und Kohlen hab' ich gebrannt.
Und nun bin ich hier Braut
für eine stolze Jungfrau.«

Dann erhob sie sich vom Tisch und sagte: »Nun ratet, meine edlen Herren«, und ging schnurstracks zu der, für die sie Braut gewesen war und sagte, daß sie getan hätte, worum man sie gebeten habe. Das junge Fräulein nahm den Brautstaat an sich, zog ihn an und ging dann hinauf ins Brautgemach. Da sie aber das Armband nicht abnehmen konnte, bat sie die Prinzessin, wenn die Lichter ausgelöscht wären, sich auf einen Stuhl neben das Bett zu setzen, und wenn der Prinz nach dem Armband frage, ihren Arm hinzuhalten – und das versprach sie. Als sie sich niedergelegt hatten, fragte der Prinz, was das alles bedeutet habe, was sie auf dem Weg zur Kirche sagte. Da sie nun weder antworten konnte noch wußte, was sie gesagt haben sollte, bat er schließlich, das Armband sehen zu dürfen. Ihrem Versprechen gemäß hielt die Prinzessin den Arm hin, der Prinz aber zog sie an sich und sagte: »Mit dir bin ich getraut, und nur dich will ich haben!«

[Märchen aus Schweden]

Ein Spötter versinkt in die Erde

·⧈· ·⧈· ·⧈· ·⧈·

In einem Dorf bei Kruschwitz lebte ein wohlhabender Bauer, der nur ein einziges Kind, einen Sohn, hatte. Dieser Sohn war aber schlecht erzogen und verübte deshalb oft böse Taten. Wenn er auf das Feld mußte, um das Vieh zu hüten, bekam er von seiner Mutter viele Leckereien mit, und Brot hatte er immer im Überfluß, so daß er es gar nicht verzehren konnte. Baten ihn nun die armen Knaben, die in der Nähe hüteten, um ein Stückchen Brot, so wollte er ihnen nichts geben.

Eines Tages trieb er wieder sein Vieh auf das Feld. In der einen Hand hielt er ein großes Butterbrot, das er aber nicht aß, weil er keinen Hunger hatte. Da kamen arme Knaben hinzu und baten ihn, er möge ihnen doch das Stück Brot geben. Er leckte die Butter ab, beschmierte dann das Brot mit Kot und warf es so den Knaben hin. Mit Schaudern sahen diese auf den Gottesgabenschänder. Sie hoben das Brot auf und verscharrten es.

Die Strafe Gottes aber blieb nicht aus:

Der Knabe blieb wie versteinert stehen und versank nach und nach in der Erde. Vergebens versuchten die Knaben ihn herauszuziehen; dann eilten sie nach Hause und riefen die Eltern herbei, aber auch diese konnten nichts ausrichten. Auch der Geistliche kam und sagte verschiedne Gebete her; doch auch das half nichts. Vergebens flehte und jammerte der Knabe und bat Gott öffentlich um Verzeihung. Zuletzt holte man Spaten herbei und versuchte, ihn herauszuziehen; aber je mehr man grub, desto schneller versank er, bis zuletzt nichts mehr von ihm zu sehen war.

[Sage aus Österreich]

Der Erdfall

Im brandenburgischen Amt Klettenberg gegen den Unterharz, unfern des Dorfs Hochstädt, sieht man einen See und einen Erdfall, von dem die Einwohner folgende Sage haben: In vorigen Zeiten sei an der Stelle des Sees eine Grasweide gewesen. Da hüteten etliche Pferdejungen ihr Vieh, und als die andern sahen, daß einer unter ihnen Weißbrot aß, bekamen sie auch Lust, davon zu genießen, und forderten es dem Jungen ab. Dieser wollte ihnen aber nichts mitteilen, denn er bedürfe es zur Stillung seines eigenen Hungers. Darüber erzürnten sie, fluchten ihren Herrn, daß sie ihnen bloß gemeines schwarz hausbacken Brot gäben, warfen ihr Brot frevelhaft zur Erde, traten's mit Füßen und geißelten's mit ihren Peitschen.
Alsbald kam Blut aus dem Brot geflossen, da erschraken die Knechte, wußten nicht, wohin sich wenden; der Unschuldige aber (den, wie einige hinzufügen, ein alter, unbekannter, dazukommender Mann gewarnt haben soll) schwang sich zu Pferd und entfloh dem Verderben. Zu spät wollten die andern nachfolgen, sie konnten nicht mehr von der Stelle, und plötzlich ging der ganze Platz unter. Die bösen Buben samt ihren Pferden wurden tief in die Erde verschlungen, und nichts von ihnen kam je wieder ans Tageslicht. Andere erzählen anders. Auch sollen aus dem See Pflanzen mit Blättern wie Hufeisen wachsen.

[Sage der Brüder Grimm]

Der Zauberfelsen

Drei Stunden oberhalb Spitzegg ragt ein kahler Felskopf aus dem Braun der Alpwiesen. Das ist der Klammsprung, von dem die Leute sagen, daß er sich am Weihnachtstag beim Glockenschlag der Mitternachtsstunde teilt und demjenigen, der eintritt, die herrlichsten Schätze zeigt, die er sich nur wünschen kann. Doch müsse man sich wohl merken, beim letzten Glockenschlag wieder draußen zu sein, um nicht vom Fels, der sich sofort wieder schließe, zerdrückt zu werden.

Der Spitzegger Klaus hatte schon in seiner Jugendzeit von diesem Felsen gehört, aber wenn er sich recht erinnerte, waren alle, die es versucht hatten hineinzukommen, auf sonderbare Weise dabei ums Leben gekommen. Klaus hatte diesen Felsen nie aus den Augen gelassen, und da sein ganzes Sinnen und Trachten darauf ausging, möglichst rasch reich zu werden, nahm er sich vor, bei der nächsten Christmesse sein Glück zu versuchen.

Als Weihnachten heranrückte, lag der Schnee schon seit Monaten haushoch in den Gründen. Klaus holte den Bergstock und die Steigeisen hervor, machte sich am Heiligen Abend bei Einbruch der Dunkelheit auf und stieg durch den hartgefrorenen Schnee empor. »Man muß nur danach trachten, rechtzeitig wieder hinauszukommen, mit dem letzten Glockenschlag«, murmelte er für sich, »und da will ich doch sehen, was denn da Schwieriges dabei sein soll!«

Kurz vor Mitternacht erreichte er weit über der Waldgrenze den sonderbaren, aus grauem Kalk sich aufbauenden Felskopf, der im Sommer von den Hirten gemieden wurde, weil jede Kuh, die dort weidete, starb. Auch wuchs in den Runsen und Spalten die seltene weiße Alpenrose in unzähligen Exemplaren, die aber niemand zu pflücken wagte, aus Furcht, in kurzer Frist sterben zu müssen.

Die Turmglocke im Dörfchen unten schlug zwölf Uhr. Hell klangen die vier Vorschläge durch die stille Winternacht, und ein heimliches Bangen beschlich den frierenden Mann. Sollte er nicht lieber umkehren! Aber da rauschte es schon über seinem Kopf wie vom mächtigen Flügelschlag eines Geiers, und ein unterirdisches Beben und Krachen setzte den Boden unter seinen Füßen ins Schwanken. Seine Haare sträubten sich, und durch den Leib lief ein leises Zittern.

Doch sieh da! Der Berg hatte sich gespalten, weit geöffnet, und ein heller Schein leuchtete ihm entgegen. Da lagen vor ihm ausgebreitet die schönsten Schätze, wie sie nur ein Herz wünschen kann. Hohe Stöße seidener Hals- und Schnupftücher in prächtigen Farben fielen ihm besonders ins Auge. Er stürzte sich darauf und hatte im Nu die Taschen der Rockschöße gefüllt, und als er verschnaufen wollte, bemerkte er nebenan aufgetürmtes Silbergeschirr. Wie zu Hause die Holzscheite, lagen hier durcheinander silberne Messer, Gabeln und Löffel, Schaumkellen zum Abrahmen der Milch, Teller und Kannen, Hämmer und Nägel. Schnell leerte er die vollen Taschen und schob das klirrende Werkzeug hinein. Es war doch gut, daß er den Sonntagsrock mit den lang herabhängenden Schößen angezogen, in die er recht viel hineinstopfen konnte. Ihm schwindelte fast ob all dem Glanz und dem Reichtum. Der reichste Fürst Europas hätte sich hier als Bettler gefühlt.

Plötzlich sah er aber einen goldenen Schimmer, der ihm das Blut in die Schläfen jagte. An den Silberberg reihte sich ein Goldberg, so groß wie sein Haus im Dorf, aus lauter funkelnden Goldstücken bestehend. Blitzschnell fuhren seine Hände hinein, wühlten drin herum und fuhren dann ebenso schnell zu den Taschen, aber da war kein Platz mehr. Keuchend vor Hast schleuderte er die silbernen Löffel und Gabeln weg und füllte die wieder leer gewordenen Taschen mit Goldvögelchen. Die Schwere des Rockes zog ihn nach hinten, und er mußte eilen, denn schon vernahm man ein fürchterliches Krachen. Rasch noch eine Handvoll und noch eine, dann warf er sich gegen den Ausgang und schnellte sich mit einem Sprung, der seine Kräfte fast überstieg, in den Schnee hinaus.

Es war die höchste Zeit gewesen. Der Fels war mit Donnerknall hinter ihm zugeklappt und hatte die im Sprung nach hinten geschlenkerten Rockflügel mit dem köstlichen Inhalt erfaßt und klapp, wie mit einer Schere, weggeschnitten. Drei fürchterliche Schläge, dann war es totenstill. Der Fels starrte tot und kalt wie vorher gegen den Nachthimmel, und keine Spur deutete auf die sonderbare Szene. Wie Glühaugen leuchteten die Fenster der Dorfkirche herauf, in der jetzt die Mitternachtsmesse gelesen wurde.

Klaus wischte sich den Angstschweiß von der Stirn und trabte, wie von Gespenstern verfolgt, in rasendem Laufe bergab nach Hause. Mit zerschlagenen Gliedern sank er ins Bett und fieberte die ganze Nacht hindurch. Am Morgen waren seine Haare gebleicht, die Wangen totenblaß, und der Atem ging schwer. Am Abend war er eine Leiche.

[Märchen aus dem Wallis]

Der Brautbrunnen

In stattlichem Zuge, dabei mehrere Wagen mit Lebensmitteln, zog ein Fräulein von Landeck zu ihrer Hochzeit nach Sponeck.

Bei dem Brunnen, welcher zwischen Eichstetten und Bötzingen am Wege quillt, bekam sie Lust, von dem frischen Wasser zu trinken. Sie ließ halten und von der Sänfte, worin sie getragen wurde, bis zum Brunnen Brotlaiber legen, damit sie, ohne ihren Brautstaat zu beschmutzen, sich dahin begeben könne.

Als sie dann ausstieg und auf das Brot trat, sieh! da öffnete sich die Erde und verschlang sie. Seit der Zeit spukt ihr Geist an dem Brunnen, der von ihr der Brautbrunnen heißt. Sie läßt sich um Mitternacht und Mittag sehen und spricht die Vorübergehenden an, ihr von dem Wasser zu trinken zu geben.

[Sage aus Baden]

Der Wunderbaum

Es war einmal ein Bauer, der hatte drei Söhne, von denen aber einer sehr dumm war und daher von allen der dumme Hansl genannt wurde. Alles, was er unternahm, mißglückte ihm, und alles, was er ergriff, fiel zur Erde. Sein Vater meinte, er könne ihn durch Prügel gescheit machen, und prügelte ihn nach jedem dummen Streich, doch es half nichts. Eines Tages wuchs in dem Ort auf einmal ein seltener Baum aus der Erde hervor, ohne daß jemand einen Samen gelegt hatte. Seine Höhe nahm so rasch zu, daß er nach wenigen Tagen die eines Turmes erreichte, und nach einigen Wochen verlor sich der Gipfel schon in den Wolken. Die Dorfbewohner waren nun begierig zu wissen, wohin man kommen würde, wenn man an dem Baum emporklettern könnte, aber keiner wollte es unternehmen.

Die Kunde von dem Baum drang weiter und weiter, sogar bis zur Königstochter, welche eine Frucht desselben verlangte. Man versprach dem eine gute Belohnung, der es wagen würde, die Reise anzutreten. Da meldeten sich viele, aber keinem gelang es, denn jeder fiel nach dem zweiten oder dritten Tag wieder herab. Jeder nahm sich mehrere Paar hölzerner Schuhe mit, von denen er von Zeit zu Zeit einen herunterwerfen sollte, um ein Zeichen von sich zu geben. Einige kamen gar nicht mehr und warfen auch ihre Schuhe nicht herab: Es mußte also mit ihnen etwas vorgefallen sein. Das nahm allen den Mut. Auch die zwei Brüder des Hansl unternahmen das Wagestück, alles ging so wie allen andern. Nun meldete sich auch Hansl und begehrte zu seiner Reise zwölf Paar hölzerne Schuhe, Lebensmittel und eine bleierne Hacke und trat so seine Baumreise an. Daß ihn alles auslachte, kümmerte ihn nicht viel. Man wartete einen Tag lang und glaubte, Hansl werde herabkommen. Allein sie erstaunten nicht wenig, als sie bloß seine Schuhe herabfallen sahen, die ganz durchlöchert waren. Ebenso ging's die folgenden Tage, und da die Schuhe immer gewaltiger herabfielen, so konnte man schließen, Hansl komme immer höher.

Wie ist's nun wohl dem Hansl ergangen? Als er schon einige Tage geklettert war, und er eines Abends keinen passenden Ort zur Ruhe fand, entdeckte er im Baum eine Höhle, in der ein Licht schimmerte. Er trat in dieselbe und bemerkte eine häßliche Alte, die ihn aber freundlich aufnahm, ihm eine gute Abendkost bereitete und ihm auch eine Schlafstätte anwies. Als Hansl sie fragte, wie weit es noch bis zum Gipfel sei, erwiderte sie: »O mei liaba Bui, do hast no weit. I bin erst da Monda (Montag). Da muist erst no zun Erida (Dienstag), zun Midwo bis zun Samsta kemma, und wonnst iba (über) den draust bist, wirst scho seg'n, wos kimmt.«

Des andern Tages machte sich Hansl wieder auf die Reise, und nachdem er wieder mehrere Tage geklettert, gelangte er zu einer zweiten Höhle, in der sich eine Hexe aufhielt, die viel häßlicher als der Montag war und sich Erida nannte. Vor dieser fürchtete sich Hansl wohl anfangs; als sie ihm aber versprach, daß er ein gutes Nachtmahl erhalte, schwand die Furcht. Des andern Tages, als er seine Reise antreten wollte, warnte ihn die Hexe, beim Mittwoch nicht einzukehren, denn das sei ein häßlicher Mann, sagte sie, der kein Menschenfleisch sehen könne. Das befolge Hansl auch und kam glücklich beim Mittwoch vorbei. Die nächsten Höhlen wurden vom Pfinsta (Donnerstag), Freida und Samsta bewohnt, lauter alte Weiber, eine häßlicher als die andere. Eine jede hatte eine bucklichte

Gestalt, einen Kopf mit zerrauften Haaren und eine große rote Nase.

Als Hansl über den Samstag hinaus war, hatte er keine Schuhe mehr; seine Hacke, mit der er sich immer festhielt, war schon stumpf; auch hatte er keine Luft mehr zum Klettern. Umkehren wollte er nicht, da er schon sehr hoch war, und so blieb ihm nichts übrig, als seine Reise fortzusetzen. Allein bald kam er an eine steinerne Wand, in die der Stamm des Baumes verwachsen war. Er bemerkte eine kleine Tür. Dieselbe öffnete er und trat auf eine große Wiese. Hier fiel er betäubt nieder, und als er sich wieder erholte, sah er vor sich eine Stadt liegen, die ganz aus Gold war und über welcher ein so starkes Licht schwebte, daß Hansls Augen es nicht vertragen konnten. Neben ihm lag seine Hacke, allein sie hatte keinen hölzernen, sondern einen goldenen Stiel. Auch an dem Gipfel des Baumes, an dem er heraufgeklettert war, bemerkte er lauter goldene Früchte. Goldene Tiere sprangen auf der Wiese umher, mit einem Worte, alles war von Gold.

Hansl glaubte sich in dem Himmel zu befinden und blieb dort. Andere sagen, er sei wieder auf die Erde gekommen und habe alles erzählt, was er dort erlebt und gesehen hat.

[Märchen aus Österreich]

Kadmos

Kadmos war ein Sohn des phönikischen Königs Agenor,
ein Bruder der Europa. Als Zeus, in einen Stier verwandelt, diese entführt hatte, sandte ihr Vater den Kadmos
und dessen Brüder aus, sie zu suchen, und ohne sie er-
laubte er ihnen nicht wieder zurückzukommen. Lange
hatte Kadmos vergebens die Welt durchirrt, ohne Zeus'
Schliche entdecken zu können. Als er die Hoffnung verloren hatte, seine Schwester wiederzufinden, scheute er seines Vaters Zorn, wandte sich an das Orakel Phöbos Apol-
lons und forschte, welches Land er inskünftig bewohnen
sollte. Apollon gab ihm die Weisung: »Du wirst ein Rind
auf einsamen Auen treffen, das noch kein Joch geduldet
hat. Von diesem sollst du dich leiten lassen, und an dem
Platz, wo es im Grase ruhen wird, erbaue Mauern und
nenne die Stadt Theben.«
Kaum hatte Kadmos die kastalische Höhle verlassen, wo
Apolls Orakel war, als er schon auf der grünen Weide eine
Kuh sich bedächtig ergehen sah, die noch kein Zeichen
ihrer Dienstbarkeit um den Nacken trug. Lautlos zu Phöbos betend, folgte er mit langsamen Schritten den Spuren
des Tieres. Schon hatte er die Furt des Kephissos durchwa-
tet und war über eine gute Strecke Landes gekommen, als
auf einmal das Rind stillstand, sein Gehörn gen Himmel
streckte und die Luft mit Brüllen erfüllte: Dann schaute es
rückwärts nach der Schar der Männer, die ihm folgte, und
kauerte sich endlich im schwellenden Grase nieder. Voll
Dankes warf sich Kadmos auf der fremden Erde nieder
und küßte sie. Hierauf wollte er dem Zeus opfern und hieß

die Diener sich aufmachen, um ihm Wasser aus lebendigem Quell zum Trankopfer zu holen. Dort war ein altes Gehölz, das noch von keinem Beile jemals ausgehauen worden war; mitten darin bildete durch zusammengefügtes Felsgestein, mit Gestrüpp und Strauchwerk verwachsen, eine Kluft, reich an Quellwasser, ein niedriges Gewölbe. In dieser Höhle versteckt ruhte ein grausamer Drache. Weithin sah man seinen roten Kamm schimmern, aus den Augen sprühte Feuer, sein Leib schwoll von Gift, mit drei Zungen zischte er, und sein Rachen war mit drei Reihen Zähnen bewaffnet. Wie nun die Phönikier den Hain betreten hatten und der Krug, niedergelassen, in den Wellen plätscherte, streckte der bläuliche Drache plötzlich sein Haupt weit aus der Höhle und erhob ein entsetzliches Zischen. Die Schöpfurnen entglitten der Hand der Diener, und vor Schrecken stockte ihnen das Blut im Leibe. Der Drache aber verwickelte seine schuppigen Ringe zum schlüpfrigen Knäuel, dann krümmte er sich im Bogensprunge, und über die Hälfte aufgerichtet, schaute er auf den Wald herab. Darauf reckte er sich gegen die Phönikier aus, tötete die einen durch seinen Biß, die anderen erdrückte er mit seiner Umschlingung, noch andere erstickte sein bloßer Anhauch, und wieder andere brachte sein giftiger Geifer um.

Kadmos wußte nicht, warum seine Diener so lange zauderten. Zuletzt machte er sich auf, selbst nach ihnen zu schauen. Er deckte sich mit dem Felle, das er einem Löwen abgezogen hatte, nahm Lanze und Wurfspieß mit sich, dazu ein Herz, das besser war als jede Waffe. Das erste, was ihm bei Eintritt in den Hain aufstieß, waren die Leichen seiner getöteten Diener, und über ihnen sah er den Feind mit geschwollenem Leibe triumphieren und mit der blutigen Zunge die Leichname belecken. »Ihr armen Genossen«, rief Kadmos voll Jammer aus, »entweder bin ich euer Rächer oder der Gefährte eures Todes!« Mit diesen

Worten ergriff er ein Felsstück und sandte es gegen den Drachen.

Mauern und Türme hätte wohl der Stein erschüttert, so groß war er. Aber der Drache blieb unverwundet, sein harter, schwarzer Balg und die Schuppenhaut schirmten ihn wie ein eherner Panzer. Nun versuchte es der Held mit dem Wurfspieß. Diesem hielt der Leib des Ungeheuers nicht stand, die stählerne Spitze drang tief in seine Eingeweide hinein. Wütend vor Schmerz drehte der Drache den Kopf gegen seinen Rücken und zermalmte dadurch die Stange des Wurfspießes, aber das Eisen blieb im Leibe stecken. Ein Streich vom Schwerte steigerte noch seine Wut, der Schlund schwoll ihm auf, und weißer Schaum floß aus dem giftigen Rachen. Aufrechter als ein Baumstamm schoß der Drache hinaus, dann rannte er mit der Brust gegen die Waldbäume. Agenors Sohn wich dem Anfall aus, deckte sich mit der Löwenhaut und ließ die Drachenzähne an der Lanzenspitze sich abmühen. Endlich fing das Blut dem Untier aus dem Halse zu fließen an und rötete die grünen Kräuter umher; aber die Wunde war nur leicht, denn der Drache wich jedem Stoß und Stiche aus und verstattete den Streichen nicht, festzusitzen. Zuletzt jedoch stieß ihm Kadmos das Schwert in die Gurgel, so tief, daß es hinterwärts in einen Eichbaum fuhr und mit dem Nacken des Ungeheuers zugleich der Stamm durchbohrt wurde. Der Baum wurde von dem Gewichte des Drachen krummgebogen und seufzte, weil er den Stamm von der Spitze des Schweifes gepeitscht fühlte. Nun war der Feind überwältigt.

Kadmos betrachtete den erlegten Drachen lange; als er sich wieder umsah, stand Pallas Athene, die vom Himmel niedergefahren war, zu seiner Seite und befahl ihm, sofort die Zähne des Drachen als Nachwuchs künftigen Volkes in aufgelockertes Erdreich zu säen. Er gehorchte der Göttin, öffnete mit dem Pflug eine breite Furche auf dem Boden und fing an, die Drachenzähne, wie ihm befohlen war, die Öffnung entlang auszustreuen. Auf einmal begann die Scholle sich zu rühren, und aus den Furchen heraus blickte zuerst nur die Spitze einer Lanze, dann kam ein Helm hervor, auf welchem ein farbiger Busch sich schwenkte, bald ragten Schulter und Brust und bewaffnete Arme aus dem Boden, und endlich stand ein gerüsteter Krieger, vom Kopf bis zum Fuß der Erde entwachsen, da. Dies geschah an vielen Orten zugleich, und eine ganze Saat bewaffneter Männer wuchs vor den Augen des Phöniciers empor. Agenors Sohn erschrak und war gefaßt darauf, einen neuen Feind bekämpfen zu müssen. Aber einer von dem erdentsprossenen Volk rief ihm zu: »Nimm die Waffen nicht, menge dich nicht in innere Kriege!« Sofort holte dieser auf einen der ihm zunächst aus der Furche hervorgekommenen Brüder mit einem Schwertstreich aus; ihn selbst streckte zu gleicher Zeit ein Wurfspieß nieder, der aus der Ferne geflogen kam. Auch der, welcher ihm den Tod gegeben, verhauchte unter einer Wunde den kaum empfangenen Lebensatem bald wieder. Der ganze Männerschwarm tobte in fürchterlichem Wechselkampfe; fast alle lagen mit zuckender Brust auf dem Boden, und die Mutter Erde trank das Blut ihrer eben erst geborenen Söhne. Nur fünf waren übriggeblieben. Einer davon – er ward später Echion genannt – warf zuerst auf Athenes Geheiß die Waffen zur Erde und erbot sich zum Frieden; ihm folgten die andern.

Mit dieser fünf erdentsprossenen Krieger Hilfe nun baute der phönikische Fremdling Kadmos die neue Stadt, dem Orakel Phöbos gehorsam, und nannte sie, wie ihm befohlen war, *Theben*.

[Gustav Schwab]

Erdtiere

✥ ✥ ✥ ✥

Die Große Göttin ist nicht nur eine Vegetationsgöttin, sondern auch Herrin der Tiere. Sie herrscht über wilde und gezähmte Tiere, sie selbst zeigt sich in vielerlei Tiergestalt. Ihre heiligen Tiere sind unter anderem die Kuh, die Schlange, die Kröte und die Spinne.

Das älteste deutsche Märchen »Das Erdkühlein« weiß von einer geheimnisvollen Erdkuh, die in einem Waldhäuschen lebt und gleich einer guten Mutter dem armen Mädchen Schutz, Zuflucht und Nahrung bietet.

»Das Erdkühlein«

Das Erdkühlein

Ein guter armer Mann hatte eine Frau und von ihr zwei Töchterchen, und ehe diese Kindlein, von denen das kleinere Margarete und das größere Anne hieß, erwachsen waren, starb ihm die Frau, und deshalb nahm er eine andere. Nun wurde aber diese Frau neidisch auf die kleine Margarete und hätte gern gewollt, daß das Kind tot gewesen wäre, doch es selbst umzubringen dünkte sie nicht gut, und so zog sie mit List das ältere Mädchen zu sich, daß es ihr hold und der Schwester feind wurde.

Einmal begab es sich, daß die Mutter und die ältere Tochter beieinandersaßen und beratschlagten, was sie dem Mägdlein antun könnten, daß sie es loswürden. Endlich beschlossen sie, daß sie miteinander in den Wald gehen und das Mägdlein mitnehmen wollten, und in dem Wald wollten sie das Mägdlein aussetzen, daß es nicht mehr zu ihnen zurückkommen könnte.

Nun stand das Mägdlein vor der Stubentür und hörte alle die Worte, die seine Mutter und Schwester gegen es sprachen und wie sie über seinen Tod beratschlagten. Da wurde es sehr betrübt, weil es ohne jede Ursache sterben und von den Wölfen zerrissen werden sollte. Und betrübt ging es zu seiner Taufpatin und klagte ihr die große Untreue und das tödliche, mörderische Urteil, welches von Schwester und Mutter verhängt worden war. »Nun wohlan«, sprach die gute alte Frau, »mein liebes Kind, wenn es so mit dir steht, geh hin und nimm Sägemehl, und wenn du deiner Mutter nachgehst, streue es vor dich hin! Wenn sie dich nachher verlassen, so geh du dieser Spur nach, und du kommst wieder heim.«

Die gute Tochter tat, wie ihr die alte Frau befohlen hatte. Und als sie hinaus in den Wald kam, setzte sich ihre Mutter nieder und sprach zum älteren Mädchen: »Komm her, Anne, und lause mich! Derweil geht das Gretlein hin und sammelt uns drei Bürden Holz; dann wollen wir an diesem Ort seiner warten, danach gehen wir miteinander heim.« Nun zog das gute arme Töchterchen hin und streute vor sich das Sägemehl aus (denn es wußte wohl, wie es ihm gehen würde) und sammelte drei Bürden Holz. Und als es die gesammelt, nahm es sie auf den Kopf und trug sie an den Ort, wo es seine Stiefmutter und Schwester zurückgelassen hatte. Als es aber dort hinkam, fand es sie nicht; es behielt jedoch seine drei Bündel auf dem Kopf, zog auf seinem Wege wieder heim und warf die drei Bündel ab.

Und als die Mutter es sah, sprach sie zum anderen Mägdlein: »Anne, unsere Tochter ist wiedergekommen, und all unsere Kunst hat uns nichts genützt. Darum wollen wir morgen an einen anderen Ort gehen und das Mägdlein abermals von uns schicken; dann wird es nicht mehr heimkommen können, und wir sind seiner ledig.«

Als nun die gute Margarete diese Worte von neuem hörte, lief sie wieder zu ihrer Taufpatin und zeigte ihr diesen Plan an. »Wohlan«, sprach die Frau, »ich sehe wohl, daß sie dir nach deinem Leben trachten und keine Ruhe haben werden, bis sie dich umbringen. So gehe deshalb hin, nimm Spreu und streue die abermals vor dich hin, wie du es mit dem Sägemehl getan hast! So kannst du wieder heimkommen.«

Als nun das Mägdlein wieder nach Hause kam, sagte seine Mutter: »Kommt her, Grete und Anne! Wir wollen in den Wald gehen.« Das ältere Mägdlein, das um die Sache wohl wußte, auch Hilfe und Rat dazugegeben hatte, zog ganz fröhlich, Grete hingegen ganz traurig hinaus. Und als sie in den Wald kamen, setzte sich die böse, arglistige, heimtückische Frau nieder und sagte zur Anne: »Komm her, Anne, und lause mich! Derweil geht Grete hin und sucht für jeden eine Bürde Holz; danach gehen wir wieder heim.«

Die arme Grete ging hin und suchte Holz, und ehe sie wiederkam, waren ihre Mutter und Schwester hinweg-gegangen. Nun ging die gute Grete mit ihrem Holz der Spreu nach, bis sie wieder heimkam. Und als sie von ihrer Mutter gesehen wurde, sagte diese zur Anne: »Unsere dumme Gans kommt wieder. Nun wollen wir sehen, wie wir sie loswerden, und sollte es uns große Mühe kosten. Morgen wollen wir nochmals in den Wald; da wollen wir sehen, daß sie zurückbleibt.«

Diese Worte hatte das Mädchen abermals gehört, und es ging zum dritten Mal zu seiner Taufpatin und fragte diese um Rat, was es tun sollte. »Nun wohlan, liebes Kind«, sagte die Frau, »so gehe hin, nimm Hanfsamen und streue den vor dich hin! Folge danach demselben nach Hause zu-rück!«

Das gute Mägdlein zog nochmals mit Mutter und Schwe-ster in den Wald und streute den Hanfsamen vor sich hin. Nun sagte die Mutter wiederum, wie sie schon zweimal getan hatte: »Anne, lause mich! Dann muß Grete Holz suchen.«

Die arme Grete zog fort und suchte Holz und dachte bei sich: »Hab ich schon zweimal wieder heimgefunden, so will ich das dritte Mal auch wieder heimkommen.« Und als es das Holz gesucht und wieder an den Ort kam, wo es seine Mutter verlassen hatte, waren sie abermals hinweg-gegangen. Und als das arme Mädchen seinen Weg heim-gehen wollte, da hatten die Vögel den Samen allesamt auf-gefressen. Ach Gott, wer war da trauriger als das arme Mägdlein! Den ganzen Tag lief es im Wald umher und weinte und schrie und klagte Gott sein Leid, es konnte keinen Weg finden, auf dem es aus dem Wald hätte herauskommen können. Auch war es so tief in den Wald hineingekommen wie wohl kaum ein Mensch zuvor. Als es nun Abend wurde und das arme verlassene Mädchen an aller Hilfe verzweifelte, stieg es auf einen sehr hohen Baum, um Ausschau zu halten, ob nicht doch eine Stadt, ein Dorf oder Haus zu sehen wäre, wo es hingehen könnte, damit es nicht auf jämmerliche Weise den wilden Tieren zum Opfer fiele. Bei solchem Umsehen ergab es sich, daß sie eine kleine Rauchwolke erblickte. Sie stieg behend vom Baum herab und ging auf die Rauchwolke zu, so daß sie in kurzer Zeit dahin kam, von wo der Rauch aufstieg. Das war ein kleines Häuslein, darinnen niemand wohnte als nur ein Erdkühlein.

Das Mädchen kam vor die Tür, klopfte an und begehrte, eingelassen zu werden. Das Erdkühlein antwortete: »Ich lasse dich wahrlich nicht herein, du verheißest mir denn, dein Lebtag bei mir zu bleiben und mich niemals zu verraten.« Das versprach ihm das Mägdlein, und alsbald wurde es von dem Erdkühlein eingelassen, und das Erdkühlein sagte: »Wohlan, du brauchst nichts anderes zu tun, als mich des Abends und des Morgens zu melken. Danach, sobald du die Milch von mir gegessen hast, will ich dir Seide und Samt in Fülle zutragen: Mach dir davon schöne Kleider, so wie du sie begehrst. Sei aber dessen eingedenk und sieh zu, daß du mich keiner Menschenseele verrätst. Auch wenn deine eigene Schwester zu dir kommt, so laß sie nicht herein, damit nicht kundgetan wird, daß ich in dieser Einöde hause, sonst hätte ich das Leben verloren.« Nach diesen Worten ging das Erdkühlein auf seine Weide und brachte dem Mädchen am Abend, als es heimkam, Seide und Samt, womit sich die gute Grete so schön kleidete, daß sie sich wohl einer Fürstin hätte vergleichen können.

Nachdem sie nun bis ins andere Jahr hinein so beieinandergeblieben waren, trug es sich zu, daß dem größeren Mäd-

chen, welches daheimgeblieben war und das kleine Schwesterchen ohne alle eigene Schuld mit in das Elend hatte
jagen müssen, der Gedanke kam, wie es wohl dem Schwe-
sterlein gehen möge, das sie ins Elend hatte verjagen helfen. Darauf fing sie an, kläglich zu weinen und über die
große Untreue nachzudenken, die sie ihr ohne eigene
Schuld zugefügt hatte. Endlich wurde ihre Reue so groß,
daß sie nicht mehr zu Hause bleiben konnte, sondern
sehen wollte, ob sie nicht doch irgendein Knöchlein von
ihrer Schwester finden würde, auf daß sie dasselbe heim-
tragen und in Ehren halten könnte.

Und eines Tages ging sie morgens früh hinaus in den Wald
und suchte nach ihrem Schwesterchen und trieb dieses Suchen mit kläglichem Weinen so lange, bis sie sich im Wald
ganz und gar verirrt hatte und die finstere Nacht hereinbrach. Wer war da trauriger als Anne? Da spürte sie, daß
sie solches wohl an ihrer Schwester verdient hatte, weinte
kläglich, rief Gott an und bat um Gnade und Verzeihung.
Doch zum Warten oder Klagen war da nicht viel Zeit, und
sie stieg alsbald auf einen hohen Baum, um Ausschau zu
halten, ob sie nicht irgendein Haus sähe, in dem sie über
Nacht bleiben könnte, damit sie nicht auf jämmerliche
Weise von den wilden Tieren zerrissen würde. Und während sie sich so umsah, sah sie aus dem Häuslein, in dem
ihre Schwester war, Rauch aufsteigen. Sie ging auf das
Haus zu in keinem anderen Glauben, als daß es das Häuslein eines Hirten oder Einsiedlers sei.

Und als sie zu dem Haus kam, klopfte sie an, worauf sie
bald von ihrer Schwester gefragt wurde, wer da sei. »Ei«,
sprach Anne, »ich bin ein armes Mädchen, das sich im
Wald verirrt hat, und bitte, daß man mich um Gottes willen über Nacht hierbehalte.« Grete sah durch einen Spalt
hinaus und erkannte, daß es ihre untreue Schwester war.
Darauf hub sie an zu sprechen: »Wahrhaftig, liebes Mädchen, ich darf dich nicht hereinlassen, denn es ist mir ver-

boten. Denn, wenn mein Herr käme und ich einen Fremden eingelassen hätte, würde er mich schlagen. Darum ziehe weiter!« Das arme Mädchen wollte sich durch die Worte nicht vertreiben lassen, sondern bedrängte sein unerkanntes Schwesterchen mit vielen Bitten, daß es ihm die Tür auftat und es hereinließ.

Und als es hineinkam, erkannte es seine Schwester, fing an, heiße Tränen zu vergießen und Gott zu loben, daß es sie noch am Leben gefunden hatte, fiel nieder auf seine Knie und bat um Verzeihung für alles, was es ihr angetan hatte. Darauf bat sie freundlich, ihr doch zu sagen, bei wem sie lebe, da sie so schön und prächtig gekleidet sei. Das gute Gretlein, dem verboten war zu sagen, bei wem es lebte, ersann alle möglichen Ausreden. Einmal sagte es, es lebe bei einem Wolf, das andere Mal, bei einem Bären. Alles dies jedoch wollte Anne nicht glauben, sondern sie redete ihrem Schwesterchen schmeichlerisch zu, ihr die Wahrheit zu sagen. Und das Mädchen (wie es denn aller Weiber Gewohnheit ist, daß sie mehr schwätzen, als ihnen aufgetragen ist) redete schließlich alles heraus und sagte zu seiner Schwester: »Ich bin bei einem Erdkühlein. Aber sieh zu, verrate mich nicht!«

Als Anne, die ihrer Schwester noch nicht genügend Treulosigkeit bewiesen hatte, dies hörte, sagte sie: »Wohlan, führe mich wieder auf den rechten Weg, daß ich heimkomme.« Das tat Grete bald. Und als Anne zu Hause war, erzählte sie ihrer Mutter, wie sie ihre Schwester bei einem Erdkühlein gefunden hätte und wie diese so prächtig gekleidet ginge. »Nun denn«, sprach die Mutter, »so wollen wir bald hinausziehen und das Erdkühlein und Gretlein heimführen. So wollen wir das Kühlein schlachten und essen.«

Alles dies wußte das Erdkühlein wohl, und als es des Abends spät heimkam, sprach es weinend zu dem Mädchen: »Ach, mein allerliebstes Gretlein, was hast du getan,

daß du deine falsche Schwester eingelassen und ihr gesagt
hast, bei wem du bist? Du wirst sehen, deine heimtückische Mutter und Schwester werden bald herkommen und
dich holen. Mich werden sie schlachten und essen, dich
aber bei sich behalten, und dir wird es schlechter ergehen
als zuvor.«

Nach diesen kummervollen Worten fing das Mädchen an
zu weinen und glaubte vor Traurigkeit fast sterben zu
müssen, und es gereute sie sehr, daß sie ihre Schwester
eingelassen hatte. Doch das Erdkühlein tröstete sie und
sprach: »Nun, liebes Kind, weil es nun einmal geschehen
ist, kann es nicht wieder rückgängig gemacht werden.
Darum tu, wie ich dir sage: Sobald mich der Metzger ge-
schlachtet hat, so steh da und weine. Wenn er dich dann
fragt, was du willst, so sprich: ›Ich möchte gerne meines
Kühleins Schwanz.‹ Den wird er dir geben. Wenn du den
hast, so fang wiederum an zu weinen und verlange eines
meiner Hörner! Wenn du auch dieses hast, so weine abermals! Wenn man dich fragt, was du willst, so sprich: ›Ich
möchte gern meines Kühleins Schuh.‹ Wenn du den hast,
so geh hin und setze den Schwanz auf die Erde, auf den
Schwanz das Horn, und auf das Horn setze den Schuh und
gehe nicht wieder dorthin bis zum dritten Tag. Und am
dritten Tag wird ein Baum daraus geworden sein; dieser
wird Sommer und Winter die schönsten Äpfel tragen, die
man jemals gesehen hat. Und niemand wird sie pflücken
können als du allein, und durch diesen Baum wirst du zu
einer großen und mächtigen Herrin werden.«

Als man nun das Kühlein schlachtete, stand Margarete da
und begehrte all diese Dinge, wie es ihm sein Kühlein befohlen hatte, und sie wurden ihm auch gegeben. Und es
ging hin und steckte sie in die Erde, und am dritten Tag
war ein schöner Baum daraus gewachsen.

Nun begab es sich einmal, daß ein mächtiger Herr vorbei-
ritt; dieser führte seinen Sohn mit sich, der das Fieber

hatte. Und als der Sohn die schönen Äpfel sah, sprach er: »Mein Herr Vater, lasset mir Äpfel bringen von diesem Baum! Mir ist, ich würde gesund davon werden.« So befahl der Herr, man sollte ihm Äpfel bringen, er wollte sie teuer genug bezahlen.

Die ältere Tochter ging als erste zum Baum und wollte Äpfel davon brechen. Da zogen sich die Äste allesamt in die Höhe, so daß sie keinen erreichen konnte. Nun rief sie der Mutter und sprach, sie solle Äpfel abbrechen und sie dem Herrn geben. Als aber die böse Frau Äpfel abbrechen wollte, zogen sich die Äste noch viel höher hinauf. Der Herr hatte dies alles wohl gesehen und verwunderte sich sehr.

Und zuletzt ging Margarete zum Baum, um Äpfel zu brechen. Zu ihr neigten sich die Äste und ließen sie willig Äpfel abbrechen. Das verwunderte den Herrn noch viel mehr, und er meinte, sie sei vielleicht eine heilige Frau, rief sie zu sich und fragte nach dem wunderbaren Geschehen. Diesem erzählte das gute Mädchen die ganze Geschichte von Anfang bis zum Ende, was sich mit ihrer Mutter, ihrer Schwester und dem Erdkühlein zugetragen hatte.

Als der Herr dies alles gehört hatte, fragte er die Jungfrau, ob sie ihm folgen wolle. Da willigte das gute Mädchen freudig ein, grub ihren Baum aus und setzte sich zusammen mit ihrem Vater auf den Wagen zu dem Herrn. Von diesem wurden sie sehr freundlich begrüßt; dann fuhren sie hinweg und ließen ihre böse Mutter und Schwester zurück.

[Frühneuhochdeutsches Märchen]

Binsenkittelchen

◈ ◈ ◈ ◈

Es waren einmal ein König und eine Königin, viele hat es schon gegeben, aber solche haben wir wenige gesehen, und wenige werden wir sehen. Jedoch die Königin starb und ließ ein munteres, hübsches Mädchen zurück, dem sie auf ihrem Sterbebett sagte: »Mein Liebes, wenn ich nicht mehr bei dir bin, so wird ein kleines, rotes Kälbchen zu dir kommen, und wenn immer du etwas wünschest, so sag es ihm, und es wird dir den Wunsch erfüllen.«

Nun, nach einiger Zeit heiratete der König wieder. Es war ein böses Weib, das selbst drei häßliche Töchter hatte. Sie haßten des Königs Tochter, da sie so hübsch und gut war. Daher nahmen sie ihr alle feinen Kleider weg und gaben ihr nur einen aus Binsen geflochtenen Kittel. Von nun an hieß sie nur noch »Binsenkittelchen« und mußte im hintersten Küchenwinkel sitzen, mitten in der Asche. Zum Essen sandte ihr die tückische Stiefmutter ein Schlückchen Brühe, ein Körnchen Gerste, ein Fädchen Fleisch und ein Krümelchen Brot. Aber nachdem sie dies alles gegessen hatte, war sie genauso hungrig wie zuvor und sprach zu sich selbst: »Oh, wie sehnlich wünsche ich mir etwas zu essen!« Gerade in diesem Moment kam niemand anders als das kleine, rote Kälbchen zur Türe herein und sagte: »Lege deinen Finger in mein linkes Ohr!« Das tat sie und fand ein Stück wunderbares Brot darin. Noch einmal sprach das Kälbchen zu ihr, sie solle ihren Finger in sein rechtes Ohr legen und siehe da, dort fand sie ein Stück Käse, und aus Käse und Brot bereitete sie eine gute Mahlzeit.

Nun, des Königs neue Gemahlin dachte, daß Binsenkittelchen mit so kärglicher Speise bald sterben müsse, wie erstaunt war sie, Binsenkittelchen so lebendig und so gesund wie immer zu sehen! Deshalb ließ sie eine ihrer häßlichen Töchter bei den Mahlzeiten Wache halten, damit sie herausfände, was Binsenkittelchen am Leben erhielte. Die Tochter bemerkte bald, daß das rote Kalb ihm die Nahrung spendete, und erzählte dies der Mutter.

So ging die Mutter zum König und sagte ihm, daß es sie nach dem Bries des roten Kälbchens gelüste und sie es essen wolle. Sogleich schickte der König nach seinem Metzger und ließ das kleine rote Kälbchen schlachten. Und als das Binsenkittelchen davon hörte, setzte es sich nieder und weinte an seiner Seite bitterlich. Da aber sprach das tote Kälbchen:

»Sammel ein, Bein für Bein,
und leg mich unter diesen grauen Stein,
und was du brauchst noch mehr,
sag es mir, ich es dir gewähr'!«

Das tat es, aber es konnte den Schenkelknochen des Kälbchens nicht finden.

Nun war gerade Weihnachtszeit, und alle Leute gingen in ihren prächtigsten Kleidern zur Kirche, und so sagte Binsenkittelchen: »Oh, wie gerne würde auch ich zur Kirche gehen!« Aber die häßlichen Schwestern erwiderten: »Was willst du garstiges Ding in der Kirche? Du mußt zu Hause bleiben und das Essen zubereiten!« Und die Stiefmutter befahl: »Mit einem Löffelchen Wasser, einem Körnchen Gerste und einem Krümelchen Brot sollst du die Suppe zubereiten!«

Als sie alle zur Kirche gegangen waren, setzte sich Binsenkittelchen hin und weinte, aber als es aufblickte, wen sah es da hereinhumpeln? (Denn es fehlte ihm ein Knöchelchen!) Es war niemand anders als das liebe rote Kälbchen, und dieses sprach zum Binsenkittelchen: »Sitz hier nicht und weine! Geh und lege diese Kleider an, und vor allem vergesse diese Glaspantöffelchen nicht! Und nun mache dich auf zur Kirche!« »Aber was wird mit dem Essen werden?« »Darüber sollst du dir keine Sorgen machen«, sagte das rote Kälbchen, »du mußt nur zum Feuer sagen:

> ›Jedes Torfstück muß das Feuer bringen,
> jeder Spieß läßt den andren schwingen,
> jeder Topf läßt den andren singen,
> bis die Kirche aus,
> und ich am Weihnachtstag zu Haus'‹,

und nun schnell in die Kirche mit dir! Aber denke daran, als erste zu Hause zu sein!« So sprach Binsenkittelchen den Zaubervers, ging zur Kirche und war dort die vornehmste und schönste Dame. Es war auch ein Prinz in der Kirche, der in großer Liebe zu ihm entbrannte. Aber es schlüpfte vor dem Ende des Gottesdienstes zur Kirchentür hinaus und war vor den anderen zu Hause, es hatte seine schönen Kleider abgelegt und sein Binsenkittelchen angezogen, sah, daß das Kälbchen den Tisch gedeckt und alles fertig zubereitet hatte, so daß alles in guter Ordnung war, als die übrige Familie nach Hause zurückkehrte. Die drei Schwestern sagten zu Binsenkittelchen: »Oh, Mädchen, wenn du nur heute die schöne, vornehme Dame in der Kirche gesehen hättest, in die sich der Prinz verliebt hat!« »Oh, ich wünschte, ihr ließet mich morgen auch mit in die Kirche gehen!« sagte Binsenkittelchen, denn sie besuchten in der Weihnachtszeit immer an drei aufeinanderfolgenden Tagen den Gottesdienst. »Was willst du, garstiges Ding, in der Kirche tun? Der Küchenwinkel ist gut genug für dich!« erwiderten die Stiefschwestern.

Am nächsten Tag gingen alle zur Kirche. Binsenkittelchen allein blieb zurück, um aus einem Löffelchen Wasser, einem Körnchen Gerste, einem Krümelchen Brot und einem Fädchen Fleisch das Essen zuzubereiten. Aber das rote Kälbchen kam ihm wieder zu Hilfe, gab ihm noch prächtigere Kleider wie zuvor, und es ging in die Kirche, und alle Leute schauten sich nach ihm um und fragten sich, woher eine so vornehme Dame wohl kommen möge. Der Prinz faßte eine noch größere Liebe zu ihr und versuchte herauszufinden, wo sie hinginge. Aber sie entschlüpfte ihm und kam lange vor den anderen nach Hause, und das rote Kälbchen hatte alles schon fertig zubereitet.

Am nächsten Tag kleidete das Kälbchen sie in noch prächtigere Gewänder, und sie ging noch einmal zur Kirche. Und wieder war der junge Prinz da, jedoch dieses Mal stellte er eine Wache an der Tür auf, um sie festzuhalten, aber sie schwang sich mit einem Riesensprung über ihre Köpfe hinweg, und dabei verlor sie eines ihrer Glaspantöffelchen. Sie wartete nicht, um es aufzuheben, das könnt ihr euch vorstellen, sondern sie rannte, so schnell sie konnte, nach Hause, legte das Binsenkittelchen an, und das Kälbchen hatte alles schon fertig zubereitet.

Gleich am nächsten Tag ließ der junge Prinz im ganzen Königreich verkünden, daß er diejenige zur Frau nehme, der das Glaspantöffelchen passe. Und alle Damen des Hofes kamen und probierten und probierten immer wieder den Schuh, jedoch er war zu klein! Dann befahl er einem seiner Boten mit seinem schnellsten Roß im ganzen Königreich nach der Besitzerin des Glaspantöffelchens zu suchen. Dieser ritt und ritt, von Stadt zu Stadt, von Burg zu Burg, und alle Damen des Landes mußten den Schuh anprobieren. Manch eine versuchte, ihn anzuziehen, denn sie wollten alle des Prinzen Braut werden! Aber nein, es wollte nicht gehen, und manch eine weinte – das schwöre ich! –, da sie das hübsche Glaspantöffelchen nicht anziehen konnte.

Der Bote ritt und ritt, immer weiter und weiter, bis er endlich zu dem Schloß kam, wo die drei häßlichen Schwestern wohnten. Die ersten beiden probierten es, und es gelang nicht, da hackte die böse Stiefmutter in wahnsinnigem Zorn der dritten Tochter Zehen und Fersen ab. Nun konnte diese das Glaspantöffelchen anziehen, und der Prinz mußte sie wohl oder übel heiraten, denn er mußte sein Versprechen halten. Der häßlichen Schwester wurden die schönsten Kleider angelegt, man setzte sie hinter dem Prinzen aufs Pferd – und fort ging's in großer Pracht! Aber wie wir alle wissen – Hochmut kommt zu Fall: Als sie so dahinritten, sang plötzlich ein Rabe im Gebüsch:

»Abgehackter Fers' und blut'ger Zeh,
hinter dem Prinzen reitet,
doch Schön-Füßchen und Klein-Füßchen, o weh,
hinter dem Kessel leidet.«

»Was singt das Vögelchen da?« sagte der junge Prinz. »Garstiger Lügenvogel!« rief die Stiefschwester, »beachte gar nicht, was er sagt!« Aber in diesem Moment schaute der Prinz zu Boden und sah, wie aus ihren Schuhen Blut tropfte.
Er ritt sofort zurück und hieß sie absteigen. »Es muß hier noch jemand sein, der das Pantöffelchen noch nicht probiert hat!« rief der Prinz. »Nein, bestimmt nicht, hier ist niemand anderes mehr, außer einem schmutzigen Ding, das im hintersten Küchenwinkel sitzt und ein ärmliches Binsenkittelchen trägt.« Der Prinz jedoch war entschlossen, den Schuh auch an Binsenkittelchen zu sehen, dieses aber rannte weg, hin zum grauen Stein, wo das rote Kälbchen es empfing und es mit dem prächtigsten Gewand ausstattete. Binsenkittelchen ging zum Prinzen, und das Pantöffelchen hüpfte aus seiner Tasche geradewegs an seinen Fuß und paßte ohne Schneiden und Schnippeln! Noch am gleichen Tag hielten sie Hochzeit und lebten glücklich bis an ihr Ende.

[Märchen aus England]

Die Erdkröte und die goldenen Taler

·❈· ·❈· ·❈· ·❈·

Armut und Enthaltsamkeit prägten das Leben einer Witwe in Hausen. Ihr Mann war schon vor Jahren verstorben und hatte ihr fast nichts vermacht. So mußte die Frau ihr tägliches Brot mit Holzsammeln, Näharbeiten und gelegentlichen Aushilfsarbeiten bei den umliegenden Großbauern verdienen. Gerade so kam sie über die Runden, konnte sich aber noch nicht einmal neue Kleider oder Fleisch zum Essen leisten.

Der Bauer vom Nachbarshof bot der armen Frau einmal an, daß sie für ein Mittagessen und einen Taler bei ihm das Feld pflügen könne. Die Witwe nahm die Arbeit gerne an, denn ein Taler würde sie für eine Woche mit Brotsuppe versorgen. Frühmorgens stand sie schon hinter dem Akkergaul und dem Pflug des Bauern auf dem Feld und furchte die Erde. Gegen Mittag war die Frau völlig erschöpft, doch sie hörte nicht auf, sich abzurackern. Der Schweiß rann ihr in Strömen vom Gesicht und lief ihr kalt den Rücken hinab. Da mußte sich die Frau doch setzen, um etwas zu Atem zu kommen.

Als sie in der sengenden Hitze auf der frisch aufgeworfenen Erde saß, bemerkte sie nicht, wie ihr der Schweiß von der Stirn auf den Boden tropfte. Genau an der Stelle aber, an der die Schweißperlen in die Erde sickerten, bewegten sich plötzlich die Erdschollen, als wolle sich etwas freigraben. Diese ungewöhnliche Bewegung entging dann auch der Witwe nicht und sie grub neugierig mit den Händen im Dreck, um zu sehen, was da war. Sie vermutete ein Mäusenest oder einen Maulwurf unter der Erde, welche sie viel-

146

leicht mit dem Pflug verletzt hatte. Doch als die Frau weitergrub, bahnte sich eine dicke braune Kröte einen Weg an die Sonne. Aus Mitleid setzte sie das Tier einige Schritte neben dem Feld ins Gras, so daß ihm durch den Pflug keine Gefahr mehr drohte.

Am Abend war die Arbeit getan, und die Witwe holte sich ihren Lohn beim Bauern ab. Als sie müde nach Hause kam und sich die schmutzigen Kleider abstreifte, bemerkte sie plötzlich etwas in ihrer Schürzentasche. Sie schaute nach und sah überrascht auf ihre Hand, als sie diese wieder aus der Tasche zog: Die Kröte, die sie vom Feld gesetzt hatte, war irgendwie in ihre Schürze geklettert. Da meinte die Frau, daß dies wohl ein Zeichen sei. Sie nahm eine Schachtel, setzte die Kröte hinein und fütterte sie. Von jetzt an wollte sie für das Tier sorgen und nie wieder alleine sein. Den Taler aber, den sie vom Bauern bekommen hatte, legte sie in die Schachtel zur Kröte und meinte spaßeshalber, sie solle ja gut auf ihren Schatz achtgeben.

Am nächsten Morgen aber, als die Witwe das Geld zum Einkaufen holen wollte, lagen da zwei Talerstücke in der Schachtel, wo sich gestern nur eines befand. Erschrocken nahm sie da die ganze Schachtel und lief damit zu einer alten Frau, die im ganzen Dorf als Hexe bekannt war. Sie erzählte ihr von dem unheimlichen Ereignis, und die alte Hexe begann zu kichern. Sie meinte zu der Witwe, daß sie da ein Geldmännle gefunden habe. Wenn es jeden Tag in Rotwein baden und diesen anschließend austrinken würde, so würde ihr stets ein Taler, den sie zu der Kröte legen müsse, bis zum nächsten Tag verdoppelt werden. Da ging die Witwe überglücklich nach Hause und tat, wie ihr die Hexe geraten hatte.

Schon bald hatte sie so ein beträchtliches Vermögen zusammengespart, das sie ihrer Lebtage nicht mehr würde ausgeben können. Weil sie aber die Zeit, in der sie arm wie eine Kirchenmaus gewesen war, noch nicht vergessen hatte, wollte sie einem armen Menschen etwas Gutes tun und die Kröte verschenken. Doch sooft sie das Tier auch weiterverschenkte, es kehrte jedesmal innerhalb eines Tages wieder zu ihr zurück und saß treu und brav in der Schachtel. So blieb also die Kröte bis zum Tode der Witwe in deren Haus und vermehrte deren Vermögen Tag für Tag.

Am Todestag der alten Frau aber füllte sich ihr Haus auf unheimliche Weise mit schwarzen Katzen. Wo man hinsah, tummelten sich die Vierbeiner, sogar unter dem Bett und in den Küchenschränken saßen und miauten sie. Als die tote Witwe zu Grabe getragen wurde, folgte den Sargträgern ebenfalls eine schwarze Katze, die sich – nachdem das Grab zugeschaufelt worden war – auf der frisch aufgeworfenen Erde des Grabes niederließ und dort tagelang verharrte. Niemand vermochte es, sie zu vertreiben oder sie zum Fressen zu bringen, bis sie schließlich noch ein paar Tage später tot auf dem Grab der Witwe lag. Auch die Katzen im Haus der Witwe konnte niemand vertreiben, und so stand es viele Jahre lang leer. Als die Katzen das Haus schließlich verließen, war dieses so alt und baufällig, daß man es abreißen mußte. Ihr Geld hatte die alte Witwe damals aber dem Armenhaus vermacht, in dem seit jenem Vermächtnis eine Kröte in einer Schachtel lebte, die man einfach nicht mehr loswerden konnte...

[Sage aus dem Schwarzwald]

Die drei Federn

Es war einmal ein König, der hatte drei Söhne, davon waren zwei klug und gescheit, aber der dritte sprach nicht viel, war einfältig und hieß nur der Dummling.

Als der König alt und schwach wurde und an sein Ende dachte, wußte er nicht, welcher von seinen Söhnen nach ihm das Reich erben sollte. Da sprach er zu ihnen: »Ziehet aus, und wer mir den feinsten Teppich bringt, der soll nach meinem Tod König sein.« Und damit es keinen Streit unter ihnen gab, führte er sie vor sein Schloß, blies die Federn in die Luft und sprach: »Wie die fliegen, so sollt ihr ziehen.« Die eine Feder flog nach Osten, die andere nach Westen, die dritte flog aber geradeaus und flog nicht weit, sondern fiel bald zur Erde.

Nun ging der eine Bruder rechts, der andere ging links, und sie lachten den Dummling aus, der bei der dritten Feder, da, wo sie niedergefallen war, bleiben mußte. Der Dummling setzte sich nieder und war traurig.

Da bemerkte er auf einmal, daß neben der Feder eine Falltür lag. Er hob sie in die Höhe, fand eine Treppe und stieg hinab. Da kam er vor eine andere Türe, klopfte an und hörte, wie es inwendig rief:

»Jungfer grün und klein,
Hutzelbein, Hutzelbeins Hündchen,
Hutzel hin und her,
Laß geschwind sehen,
Wer draußen wär.«

Die Türe tat sich auf, und er sah eine große dicke Itsche (Kröte) sitzen und rings um sie eine Menge kleiner Itschen. Die dicke Itsche fragte, was sein Begehren wäre. Er antwortete: »Ich hätte gerne den schönsten und feinsten Teppich.« Da rief sie eine junge und sprach:

> »Jungfer grün und klein,
> Hutzelbein, Hutzelbeins Hündchen,
> Hutzel hin und her,
> Bring mir die große Schachtel her.«

Die junge Itsche holte die Schachtel, und die dicke Itsche machte sie auf und gab dem Dummling einen Teppich daraus, so schön und so fein, wie oben auf der Erde keiner konnte gewebt werden. Da dankte er ihr und stieg wieder hinauf.

Die beiden andern hatten aber ihren jüngsten Bruder für so albern gehalten, daß sie glaubten, er würde gar nichts finden und aufbringen. »Was sollen wir uns mit Suchen groß Mühe geben«, sprachen sie, nahmen dem ersten besten Schäfersweib, das ihnen begegnete, die groben Tücher vom Leib und trugen sie dem König heim.

Zu derselben Zeit kam auch der Dummling zurück und brachte seinen schönen Teppich, und als der König den sah, erstaunte er und sprach: »Wenn es dem Recht nach gehen soll, so gehört dem jüngsten das Königreich.« Aber die zwei andern ließen dem Vater keine Ruhe und sprachen, unmöglich könnte der Dummling, dem es in allen Dingen an Verstand fehlte, König werden, und baten ihn, er möchte eine neue Bedingung machen.

Da sagte der Vater: »Der soll das Reich erben, der mir den schönsten Ring bringt«, führte die drei Brüder hinaus und blies drei Federn in die Luft, denen sie nachgehen sollten. Die zwei ältesten zogen wieder nach Osten und Westen, und für den Dummling flog die Feder geradeaus und fiel neben der Erdtür nieder. Da stieg er wieder hinab zu der dicken Itsche und sagte ihr, daß er den schönsten Ring brauche.

Sie ließ sich gleich ihre große Schachtel holen und gab ihm daraus einen Ring, der glänzte von Edelsteinen und war so schön, daß ihn kein Goldschmied auf der Erde hätte machen können. Die zwei Ältesten lachten über den Dummling, der einen goldenen Ring suchen wollte, gaben sich gar keine Mühe, sondern schlugen einem alten Wagenring die Nägel aus und brachten ihn dem König.

Als aber der Dummling seinen goldenen Ring vorzeigte, so sprach der Vater abermals: »Ihm gehört das Reich.« Die zwei Ältesten ließen nicht ab, den König zu quälen, bis er noch eine dritte Bedingung machte und den Ausspruch tat, der sollte das Reich haben, der die schönste Frau heimbrächte. Die drei Federn blies er nochmals in die Luft, und sie flogen wie die vorigen Male.

Da ging der Dummling ohne weiteres zu der dicken Itsche und sprach: »Ich soll die schönste Frau heimbringen.«

»Ei«, antwortete die Itsche, »die schönste Frau! Die ist nicht gleich zur Hand, aber du sollst sie doch haben.« Sie gab ihm eine ausgehöhlte gelbe Rübe, mit sechs Mäuschen bespannt.

Da sprach der Dummling ganz traurig: »Was soll ich damit anfangen!«

Die Itsche antwortete: »Setze nur eine von meinen kleinen Itschen hinein.«

Da griff er aufs Geratewohl eine aus dem Kreis und setzte sie in die gelbe Kutsche, aber kaum saß sie darin, so wurde sie zu einem wunderschönen Fräulein, die Rübe zur Kutsche und die sechs Mäuschen zu Pferden. Da küßte er sie, jagte mit den Pferden davon und brachte sie zu dem König.

Seine Brüder kamen nach, die hatten sich gar keine Mühe gegeben, eine schöne Frau zu suchen, sondern die ersten besten Bauernweiber mitgenommen. Als der König sie erblickte, sprach er: »Dem Jüngsten gehört das Reich nach meinem Tod.« Aber die zwei Ältesten betäubten die Ohren des Königs aufs neue mit ihrem Geschrei: »Wir können's nicht zugeben, daß der Dummling König wird«, und verlangten, der sollte den Vorzug haben, dessen Frau durch einen Ring springen könnte, der da mitten in dem Saal hing.

Sie dachten: »Die Bauernweiber können das wohl, die sind stark genug, aber das zarte Fräulein springt sich tot.«

Der alte König gab das auch noch zu. Da sprangen die zwei Bauernweiber, sprangen auch durch den Ring, waren aber so plump, daß sie fielen und ihre groben Arme und Beine entzweibrachen. Darauf sprang das schöne Fräulein, das der Dummling mitgebracht hatte, und sprang so leicht hindurch wie ein Reh, und aller Widerspruch mußte aufhören. Also erhielt er die Krone und hat lange in Weisheit geherrscht.

[Brüder Grimm]

Die Höhle unter der Eiche

Es war einmal ein Mann, der gerne seine ganze Habe dafür gegeben hätte, wenn er dadurch seiner kranken Gattin zur Gesundheit hätte verhelfen können. Einmal ging er in den Wald, um Holz zu holen, geriet in die Mitte des Waldes und bemerkte einen ungeheuer dicken und hohen Eichenbaum. Er ging um den Baum herum und gewahrte am Fuße desselben eine Höhle. In diese suchte er hineinzutreten, es wollte ihm aber nicht gelingen; der dritte Versuch glückte ihm dennoch, und er trat auf eine goldene Staffel. Sachte stieg er acht Staffeln herab, tappte dann herum, faßte eine Türklinke, drückte sie nieder, und die Türe öffnete sich vor ihm. Er trat in einen geräumigen Saal und bemerkte einen schneeweißen Greis, der auf einem Bett lag, und am Tisch saßen zwei nähende Mädchen, deren Füße auf diamentenem Schemel ruhten. Der Mann stellte sich zum Ofen und wollte die kommenden Dinge abwarten.

Auf einmal gewahrte er, wie aus einem Winkel eine Schlange nach der anderen hervorkriecht, den Schemel küßt und sich wieder in den früheren Schlupfwinkel zurückzieht. Zuletzt stand der Greis auf, küßte gleichfalls den Stein und sagte zu dem Eindringling: »O Mensch! Wie bist du hier hereingeraten!«

Er erwiderte: »Der Zufall hat's so gefügt.«

Der Greis versetzte hierauf: »Du hast sehr wohl daran getan, daß du den Stein nicht auch geküßt hast, denn wenn du's getan hättest, hätte ich dich zu Sonnenstäubchen zermalmt«, und schenkte ihm einen ganzen Sack voll Edelgestein.

Hoch erfreut trat der Mann den Rückzug an und erzählte seinem Weib zu Hause sein Abenteuer. Sodann begab er sich in die Apotheke, um Heilmittel für die Kranke zu holen. Dem Apotheker fiel der merkwürdige Geruch auf, den der Mann um sich verbreitete, fragte ihn, wo er gewesen und versprach ihm, sein ganzes Vermögen an ihn abzutreten, wenn er ihm gestehe, wo er gewesen und was mit ihm geschehen sei. Der Mann erzählte ihm offen und ehrlich die ganze Geschichte.

Hierauf ging der Apotheker mit seinem Sohn und dem Mann in den Wald. In den Gürtel aber hatten sie Sensen gesteckt. Der Mann kletterte auf die Eiche hinauf und wartete ab, was mit den zweien geschehen werde. Auf einmal schlich sich eine Schlange an den Apotheker heran und schnitt sich an der Sense. Nacheinander kam nun eine zweite, dritte, vierte, fünfte, sechste, siebente und eine achte, alle schnitten sich, nur die achte nicht, die schlug mit dem Schweif auf die Eiche, die Eiche knickte wie ein Halm um, der Mann fiel herab und wurde zu Sonnenstäubchen zermalmt.

[Märchen der Südslawen]

Noch ein Märchen von der Krönlnatter

✤ ✤ ✤ ✤

Es lebte vor langer Zeit, als du, mein Kind, noch den Pfeiffaltern nachflogst, eine kreuzbrave Dirne, die bei einem Bauern im Dienst war. Sie tat treu und redlich ihre Pflicht, sah auf die Sachen und das Vieh ihres Dienstherrn und arbeitete von früh morgens bis spät abends.

Im Hause wohnte auch eine Krönlnatter. Das scheckige Würmchen, das ein hellglänzendes Krönlein auf dem Kopf trug, hielt sich in einer Mauerritze des Stalles auf und ließ sich selten sehen. Die meisten Bewohner wußten nur deshalb, daß eine Krönlnatter im Hause sei, weil sie ihr wunderschönes Singen oft hörten. Sooft aber die brave Dirne in den Stall kam, um die Kühe zu melken, fand sich auch die Krönlnatter ein. Es war ein herziges Tierlein und hatte glänzende schwarze Äuglein, mit denen es die Magd bittend und klug ansah. Da dachte sich dann die Dirne, ich weiß schon, was du möchtest, und goß ein wenig Milch in ein irdenes Schüsselchen und gab sie dem Tierchen zu trinken. Da hättest du die Natter sehen sollen, wie sie ihr Zünglein spielen ließ und die weiße warme Milch gierig einschlürfte. Wenn sie dabei ihr Köpfchen wendete, schimmerte das Krönlein wie eitel Gold, daß einem hätte das Sehen vergehen mögen. War das Schüsselein geleert, nickte die Natter mit ihrem Köpfchen, daß das Krönlein hellauf funkelte, wie der Tau im Sonnenschein, und schlüpfte in die Ritze der Mauer.

Die Dirne hatte ihre Freude an dem Tierchen und gab ihm morgens und abends Milch, und dieses geschah um so lieber, als sie sah, daß die Natter Glück und Segen brachte. Denn seitdem diese Milch bekam, waren die Kühe immer gesund und gaben viel mehr Milch als früher. So ging es lange Zeit, und nichts kam dazwischen.

Als eines Abends die Natter wieder im Stall war und ihr Schlücklein Milch trank, kam der Bauer, der ein rechter Geizhals war, dazu und sah dieses. Alsogleich fing er an zu schelten und zu toben, wie ein wildes Tier, nannte die brave Magd eine Schelmin und machte ihr die bittersten Vorwürfe. Das arme Mädchen schluchzte und weinte, daß eine Träne um die andere über ihre roten Wangen floß, und beteuerte ihre Unschuld. Der Bauer ließ sich in seinem Fluchen und Schelten nicht irremachen und schrie: »Ich kann eine Dirne, die so wirtschaftet und die Milch den Würmern gibt, nicht brauchen. Nimm deine Hadern und packe dich aus meinem Hause!« Die arme Magd mochte sagen und tun, was sie wollte, er bestand auf seinem Worte.

Da ging die Dirne weinend in ihre Kammer, schnürte ihre Kleider zusammen und ging aus dem Hause. Bevor sie aber auf immer Abschied vom Hofe nahm, ging sie in den Stall, um noch einmal die lieben Kühe zu sehen. Wie sie dort stand und es sie schwer ankam, von den lieben Tieren, die ihre Stimme kannten und so oft ihre Hand geleckt hatten, zu scheiden, kroch plötzlich die Krönlnatter daher, machte vor der Dirne halt und schüttelte das funkelnde Krönlein vor sie hin. Husch – war dann das Tierlein durch die Stalltüre hinaus und nie wieder gesehen. Die Dirne nahm das schöne Krönlein, das ihr die Natter aus Dankbarkeit gebracht hatte, zu sich und kehrte zu ihrer Mutter, die eine Einhäuslerin war, zurück.

Und wie ist es dem braven Mädchen weiter ergangen? Ganz gut, denn das Krönlein macht jeden, in dessen Besitz es ist, steinreich. Der Bauer hatte aber, seitdem die Krönlnatter aus dem Haus war, kein Glück mehr. Seine Wirtschaft ging rückwärts, und er kam später um Haus und Hof. So wurden seine Unbarmherzigkeit und sein Geiz bitter bestraft.

[Märchen aus Süddeutschland]

Die Schlange und das Kind

·❀· ·❀· ·❀· ·❀·

Zu einem Kinde kam beständig, wenn es seine Milch nebst eingebrocktem Brot im Garten aß, eine Schlange (Otter) und trank mit ihm von seiner Milch. Da sagte eines Tages das Kind, das noch nicht recht sprechen konnte: »Iß et no Ilch (Milch), iß au Ocke (Brocken)!«

Die Mutter wußte aber gar nicht, weshalb das Kind immer so gern im Garten seine Milch essen wollte; und da sie es nun mit jemand reden hörte, sah sie genau hin und entdeckte die Schlange. Da eilte sie in den Garten und schlug die Schlange auf den Kopf, daß sie fortkroch.

Seit der Zeit zehrte das Kind ab und starb nicht lange nachher. Auf sein Grab aber soll die Schlange einen Kranz gebracht haben.

[Märchen aus Süddeutschland]

Schlangenkönigin

❧❦ ❧❦ ❧❦ ❧❦

Vor langer Zeit hausten in Deutschland neben anderen wilden Tieren auch viele Schlangen. Über alle Schlangen aber und alle Tiere herrschte die Schlangenkönigin; denn mitten in ihrer goldenen Krone war ein herrlicher Edelstein, welcher blitzte wie ein Sonnenstrahl und welcher die Kraft besaß, alle Mächte der Natur seinem Besitzer untertänig zu machen. Ihr Heereslager war eine große Grube, welche sich im Schatten einer Eiche befand, deren Stamm zehn Männer nicht umklammern konnten und deren Äste so dick wie Bäume waren. Da ruhte sie mit ihrem zischenden Hofstaat.

Schon viele Ritter hatten der Schlangenkönigin die Krone vom Haupt zu reißen versucht, vornehmlich um des Steines willen, mit dessen Hilfe sie große Taten vollbringen wollten; aber alle waren von den wütenden Schlangen zerfleischt und verzehrt worden. Nun lebte damals ein junger Königssohn, das war ein kühner Held; nicht abgeschreckt durch das klägliche Ende der übrigen, wollte auch er sein Leben dran wagen, um den Stein zu gewinnen, und ritt in der heiligen Johannisnacht wohlgemut in den gefahrvollen Strauß.

In den Ästen hing die Nacht; Eulen und Wölfe heulten durch den Wald; Glühwürmer sprühten umher, und über alle Bäume schoß der Stein seine Strahlen. Bald war der Held bei der Grube, ritt dreimal um sie herum, während er inbrünstig betete, spornte sein edles Tier, sprengte hinüber und trennte während des ungeheuren Satzes mit dem Schwerte die Krone vom Haupt der Schlangenkönigin.

Zischend fuhr sie aus dem Schlaf empor; zischend ringelten sich alle Schlangen in die Höhe, strebten wie fliegende Pfeile hinter dem Reiter her, und in wenigen Minuten hatte ihn ein großes Tier eingeholt und saß auf seinem Nacken. Er aber schleuderte den Mantel samt dem Ungeheuer zu Boden und rettete sich glücklich in seine nahe Burg.

Am andern Morgen war von dem Mantel nur noch ein Häuflein übrig, das wie Häckerling aussah; das Reich der Schlangenkönigin aber war zu Ende, und der Königssohn wurde durch die Kraft des Steins berühmt durch alle Lande.

[Märchen aus Norddeutschland]

Das Spinngewebe vor der Höhle

Auf der Flucht nach Ägypten geschah es, daß das Christkind um ein Haar in die Hände der Verfolger geraten wäre. Aber eiligst machte sich der heilige Joseph ans Werk, eine Grotte, die vor langer Zeit eingestürzt war, vom Erdreich zu befreien, und verbarg die Mutter mit dem Kinde. Unterdes löste er einen riesigen Felsblock und befestigte ihn so, daß er anscheinend frei in der Luft hing und aussah, als müßte er jeden Augenblick niederfallen.

Dann rief er eine Spinne, und diese begann, ein großes dickes Netz darum zu schlingen. Darauf streute der heilige Joseph Erdreich und zog sich in die Höhle zurück. Bald kamen die Verfolger und beratschlagten, ob die Flüchtlinge sich wohl darin verborgen hätten. Aber zuletzt überzeugte sie der gefährlich schwebende Felsblock, mehr noch die schmutzigen, altersgrauen Spinnweben, daß niemand die Grotte betreten habe. So zogen sie ab, und die Heilige Familie war gerettet.

Seit der Zeit hängt der Block noch immer frei vor der gesegneten Grotte, die Spinne aber trägt ein Kreuz auf dem Rücken, da Gott sie mit seiner Gnade bedachte.

[Arabische Legende aus Malta]

Nachwort

❧❧❧❧

> »Denn ich bin die Erste und Letzte,
> ich bin die Geehrte und Verachtete,
> ich bin die, die sie das Leben nennen,
> und ihr habt mich Tod genannt.«
> *Gnostische Hymne*

Alles Leben kommt aus der Erde.

Einst wurde die Erde als heilig verehrt, als Trägerin, Gebärerin und geheime Urkraft des Lebens. Die Erde, die in den Mythen und Riten der alten großen Kulturen als Erdmutter und Göttin geachtet wurde, wird vom modernen Menschen heute in einen Prozeß der Zerstörung getrieben.

Der Mensch hat den Kontakt zur Erde verloren und damit die unmittelbare Notwendigkeit, eine Nähe zur Erde zu spüren. Er hat vergessen, daß er selbst Teil des biologischen Kreislaufs ist, er fühlt sich nicht mehr eingebettet in den kreatürlichen Prozeß von Werden und Vergehen, dem alles organische Leben unterliegt.

Dennoch ist ein neues Erd-Bewußtsein, ein ökologisches Umdenken im Entstehen: Erdkatastrophen, die durch jahrhundertelangen Raubbau an der natürlichen Vegetation vom Menschen selbst verschuldet wurden, Vergiftung des Erdbodens und damit Zerstörung unserer Lebensgrundlage sowie Verknappung des Lebens- und Wohnraumes Erde machen dem Menschen endlich klar, daß die Erde nicht länger als leblose und auszubeutende Materie behandelt werden kann, ohne daß sie sich selbsttätig rächt.

Eine Rückkehr zur Erde heißt heute, eine von Achtung geprägte Einstellung zur Natur und zu ihrer lebenserhaltenden göttlichen Kraft zu verwirklichen. Ein neues ökologisches Bewußtsein zu entwickeln heißt auch, in die Kulturen früherer Zeiten zurückzufragen und die Weisheiten der großen Welterzählungen, der Mythen und Märchen von der Erde, zu studieren.

Seit undenklichen Zeiten hat die Menschheit Bilder der Großen Göttin, der Mutter Erde, geschaffen. In der ganzen Welt ist ihre Geschichte in das Leben und in die Mythen der großen Kulturen verwoben.

Es war nicht so primitiv und nicht nur eine frühe Stufe menschlicher Erfahrung, wenn die Menschen der alten Welt in der Erde die Große Mutter sahen, heilige Berge und Höhlen verehrten und zu Tier und Baum einen unmittelbaren Bezug hatten.

Die alte Weltsicht hatte die Erde als lebendigen Körper wahrgenommen, als mütterliches Lebewesen. Die Erde ist die Quelle ständiger Erneuerung. Aus ihrem »Erdbauch« entsteht jährlich neues Leben, und im Tod kehrt alles wieder zu ihr, der Erde, zurück. Die Große Göttin, die Mutter Erde, wurde einst sowohl als Spenderin des Lebens wie auch als Todbringende verehrt.

Viele Wissenschaftler nehmen heute an, daß es in dem archaischen religiösen Weltbild keine männlichen Götter gab – »die ›Große Göttin‹ allein wurde als unsterblich, unveränderlich und allmächtig betrachtet« (von Ranke-Graves).

Bildnisse der großen Erdgöttinnen

Sehr frühe archäologische Funde (weibliche Figuren aus Ton, Knochen oder Elfenbein/altsteinzeitlich) deuten möglicherweise auf eine Verehrung einer solchen Erdgöttin hin (zum Beispiel »Die Venus von Willendorf«). Die Höhle, dem Leib der »Mutter Erde« gleichgesetzt, wurde von frühester Zeit an für Fruchtbarkeitsriten und als Ort symbolischer Wiedergeburt genutzt.

Neolithische Vasen und andere Funde, etwa aus der Höhle der Eileithyia (griechische Geburtsgöttin) bei Mallia auf Kreta zeigen, daß die Erd- und Fruchtbarkeitsgöttin dort viele Jahrhunderte lang verehrt wurde.

Die neolithischen Tempelbauten auf Malta und Gozo, die einen Grundriß in Gestalt einer schwangeren Frau haben, und weibliche Tonstatuetten, die überaus üppige Formen zeigen, weisen auf Erd- und Fruchtbarkeitsriten hin. Die Figurette »Die Schlafende« (ca. 3300 v. Chr), die in dem unterirdischen Tempelbau, dem Hypogeum, der dem oberirdischen Tempel genau gleicht, gefunden wurde, läßt einen Toten- und Wiedergeburtsritus vermuten, Leben und Tod ergänzen sich in ewiger Wiederkehr.

In Telde auf Gran Canaria hat man in einer Kulthöhle, die an Malta erinnert, die berühmt gewordene Tonplastik der »Urmutter von Tara« gefunden. Im Cenobio de Valeron, einer Ansammlung von Höhlen, die in mehreren Stockwerken an der Spitze eines Berges in den Fels geschlagen worden waren, führten Priesterinnen, die dort wohnten, Korn- und Fruchtbarkeitsriten durch.

Auf einer anderen Kanareninsel, La Palma, findet sich in einem Felsental, ganz in der Nähe eines Höhlenheiligtums mit zahlreichen neolithischen Petroglyphen, an einer hohen Felswand das Abbild einer Urmutter mit üppigen Brüsten und ausladenden Hüften in den Stein gegraben. Die zahlreichen, die Figur umrahmenden Linien und Zeichen (Kreis und Spirale) lassen vielfältige Interpretationen über Fruchtbarkeit, Geburt und Tod zu.

In England findet sich in der Nähe der prähistorischen Kultstätte Avebury der Silbury Hill, ein geheimnisvoller, terrassenförmig angelegter Erdhügel, eine erdummantelte

Stufenpyramide, über die sich schon die Römer gewundert haben. Neueste Ausgrabungen haben die Annahme nahegelegt, daß es sich hierbei nicht, wie man jahrhundertelang geglaubt hat, um einen Grabhügel handelt, sondern daß der riesige, in einem Flußtal liegende Erdhügel wahrscheinlich eine 4500 Jahre alte Kultstätte der Großen Göttin darstellt.

Als Knossos auf Kreta erbaut wurde, waren die religiösen Riten und Vorstellungen der welterschaffenden Erdgöttin schon sehr verfeinert und entwickelt. Die Fruchbarkeitskulte der Erdgöttin mit ihren Symbolen der Doppelaxt, der Hörner, der Schlangen und Blumen bilden den Mittelpunkt der minoischen Kultur, deren früheste Phase um 2600 v. Chr. zu datieren ist. Vom Palast in Knossos fällt der Blick direkt auf den heiligen Jouchtas-Berg, der mit seinen wuchtigen Formen einst die Gestalt der Erdgöttin symbolisiert haben soll.

Weitere Darstellungen dieser uralten und ewig jungen Erdmuttergottheit finden sich in vielen einander ähnelnden Höhlenzeichnungen und Statuetten in Ägypten, Mesopotamien, in ganz Europa und auch in weiten Teilen Asiens.

Die Große Göttin zeigt sich in den verschiedensten religiösen und mythologischen Erscheinungen, immer – aufgrund ihrer Doppelgesichtigkeit – lebengebend und todbringend: *Gaia* und *Hekate*, *Demeter* und *Persephone* (griechisch), *Isis* (ägyptisch) und *Kali* (indisch), *Dewi Sri* und *Rangda* (balinesisch), um nur einige Beispiele zu nennen.

Bemerkenswert ist nun, daß diese Bildnisse der Großen Göttin als Archetypus ihre Entsprechung in den Mythen und Märchen haben:

Mythen – also Erzählungen von Göttern und Helden, über Ereignisse der Ur- und Vorzeit – geben in ihrer symbolischen Verdichtung Urerlebnisse des Menschen und seine religiöse Weltschau wieder. Für unsere europäische Geistesgeschichte ist hier insbesondere der griechische Mythos von Bedeutung. Viele europäische Märchen haben in dem Prozeß der mündlichen und schriftlichen Überlieferung griechische Mythen tradiert.

Als eines der *vier Urelemente* des Lebens – Wasser, Erde, Feuer, Luft – spielt die *Erde* eine zentrale Rolle in den Kosmogonien, Riten, Mythen, Märchen und Sagen der Welt.

Den Grundstein vieler Mythologien bildet die Vorstellung von der Entstehung der Erde. Oft erzählen die Schöpfungsmythen von ihrer Erschaffung aus dem Körper eines Urriesen oder von ihrer Entstehung aus der Vereinigung von Himmel und Erde als dem göttlichen Urelternpaar, auch ist von dem Heraufholen der Erde aus der Tiefe des Urozeans die Rede. Meistens aber wird von der Erde als einem weiblichen Wesen berichtet, dem alles Lebende seine Existenz verdankt und das aus sich heraus, in Parthenogenese, alles Leben hervorbringt.

Im pelasgischen (prähellenistischen), im homerisch-orphischen und im olympischen Schöpfungsmythos entstand das Leben durch die Schöpferkraft dieser Großen Göttin, der Herrscherin über Himmel und Erde und Unterwelt, der Lenkerin der Jahreszeiten und des Wachstums, der Schöpferin der Lebewesen und der Pflanzen, aber auch der Gestirne. Die Große Göttin ist ebenso die »Mondgöttin«, die in ihrem dreifachen Aspekt – zunehmender Mond, Vollmond, abnehmender Mond – die drei

Lebensabschnitte der Göttin symbolisiert: Mädchen, Nymphe und altes Weib.

»Am Anfang aller Dinge tauchte Mutter Erde aus dem Chaos und gebar im Schlafe ihren Sohn Uranos. Er blickte von den Bergen liebevoll auf sie herab und sprühte fruchtbaren Regen über die geheimen Öffnungen ihres Leibes. Da gebar sie das Gras, die Blumen und die Bäume und auch die Tiere und Vögel, die dazugehörten. Der gleiche Regen brachte die Flüsse zum Fließen und füllte die Tiefen, so daß Seen und Meere entstanden.«

(Olympischer Schöpfungsmythos; nach Ranke-Graves)

Hesiod erzählt in seiner »Hymne an die Erde«, daß die Erde Gaia vor dem Himmel da war und als die Urgebärerin den Himmel und das Meer und die Berge aus sich heraus gebar.

Auch die großen Dichter der griechischen Antike preisen die Allgewalt der Erdmuttergöttin:

»Gaia gebiert alle Wesen, ernährt sie und erhält von ihnen wieder die fruchtbare Saat.«

(Aischylos)

»In deiner Macht steht es, den Sterblichen das Leben zu geben und es von ihnen zu nehmen.«

(Homer)

Demeter, die griechische Getreide- und Fruchtbarkeitsgöttin, auch »Kornmutter« genannt, und ihre Tochter Persephone stehen im Mittelpunkt der Eleusinischen Mysterien, des in Literatur und Ikonographie bestdokumentierten Kultes der antiken Welt.

Schon in der Antike wurde der Name »De-meter« etymologisch mit dem Wort »Ge-meter« erklärt und als »Erdmutter« (griech.: gä = Erde) verstanden. Nach Hesiod zeugte sie mit dem sterblichen Helden Jasion den Plutos, die »Verkörperung des Getreidesegens«, »in einem dreimal gepflügten Feld«.

Der bekannte Mythos erzählt vom Raub der Persephone, auch Kore genannt, der Tochter Demeters, durch Hades, den Gott der Unterwelt, und von der verzweifelten Suche der Mutter nach der Tochter. Demeter läßt auf der Erde keinen Samen mehr gedeihen, die Menschen hungern. Zeus sieht sich gezwungen, Hermes in den Hades zu schicken, um Persephone ihrer Mutter zurückzubringen. Hades zeigt sich einverstanden, gibt Persephone jedoch heimlich einen Granatapfelkern zu essen, so daß sie nicht für immer zurückkehren kann, sondern acht Monate auf der Erde und vier im Hades verbringen muß. Schließlich kehrt Kore auf die Erde zurück, und zwar in Eleusis. Dort feierten die Athener das Fest der Demeter-Mysterien.

Nach Cicero haben die Eingeweihten »in Wahrheit die Grundlagen des Lebens kennengelernt, durch die wir nicht nur mit Freude zu leben, sondern auch mit besserer Hoffnung zu sterben gelernt haben«.

Der Kult der Göttermutter, der auch chthonische Aspekte trägt, ist in der griechischen Welt bereits in der archaischen Epoche von Kleinasien bis Unteritalien verbreitet. Für die kleinasiatische Göttermutter hat sich der Ausdruck Magna Mater eingebürgert, der offizielle Kulttitel in Rom war »Mater Deum Magna Idaea«.

In Anatolien läßt sich der Kult einer großen Muttergöttin bis weit vor die Erfindung der Schrift, ja bis in die neolithische Epoche zurückverfolgen. Ihr phrygischer Name ist Kybele oder Meter Oreia, die »Mutter vom Berge«. Die Große Mutter ist der heilige Berg. Eine Darstellung zeigt die Berggöttin aus Sumer in zeremonielle Gewänder gehüllt auf ihrem Bergthron sitzend.

Im Elsaß haben sich noch Reste eines uralten Felsenkultes erhalten: »La Fille de la Mai«, der schroff aufragende Felsen, das Abbild einer alten druidischen Fruchtbarkeitsgöttin, wird heute noch am 1. Mai mit Blumen und Bändern geschmückt.

Paracelsus erzählt in seiner berühmten Schrift »Liber de Nymphis« von dem Venusberg, in dem eine Königin, eine Wasserfrau, über ein paradiesisches Reich der Liebe herrscht. Venusberge dieser Art muß es nach Grimm »besonders in Schwaben« eine ganze Menge gegeben haben! Der Venusberg hieß noch bis ins 15./16. Jahrhundert bei uns »frau hollen hofhaltung«.

Häufig wird die Große Göttin auch auf einem Wagen thronend, von zwei Löwen gezogen, abgebildet; der Wagen ist ein Attribut der Magna Mater: Artemis fährt auf dem Hirschwagen, Frigga auf dem Ziegenwagen, Nerthus auf dem Kuhwagen, Medea auf dem geflügelten Schlangenwagen.

Auch in Ägypten und in Babylon verehrte man die Magna Mater: Die ägyptische Göttin Isis war als Erdmutter die Personifikation des Landes Ägypten und damit auch die Göttin der immer wiederkehrenden Fruchtbarkeit. Die babylonisch-sumerische Göttin Ischtar gleicht ihr an Macht, Schönheit und Schrecklichkeit:

»Ischtar, voll schwellender Pracht, ist mit Liebreiz
     bekleidet,
geschmückt mit geschlechtlicher Kraft, Verführung und
     Fülle!
An ihren Lippen ist sie honigsüß, Leben ist ihr Mund.
Auf alles, was ihr gehört, ist Lachen gehäuft.
Prächtig ist sie, Reifen sind um ihr Haupt gelegt.
Schön sind ihre Wangen, farbig ihre Augen und schillernd.
Die Reine, bei der es Rat gibt!
Das Schicksal von jedeinem hält sie in ihrer Hand.
In ihrem Anblick ist geschaffen Frohsinn,
Lebenskraft, Gesundheit, Lebensfülle, Schutz!« (...)

(Auszug aus einem altbabylonischen Hymnus
auf die Göttin Ischtar, 17. Jh. v. Chr.)

Deutlich sind die Parallelen zu der ägyptischen Göttin Isis, die der lateinische Dichter Apuleius in einer visionären Schau beschreibt:

»Üppig wallende Locken flossen in reichen Flechten lieblich über den göttlichen Nacken. Den hohen Scheitel schmückte ein Kranz aus bunten Blumen; in der Mitte über der Stirn erglänzte mit mattem Schein eine runde Scheibe wie ein Spiegel, nein, ein Abbild des Mondes, um das sich auf beiden Seiten gewundene Schlangen ringelten, während sich von oben her Ähren der Ceres darüberneigten. Ihr aus feinem Leinen gewebtes Gewand schillerte in allen Farben, bald blendend weiß wie der Tag, bald goldgelb wie Krokusblüten und bald in flammendem Rosenrot; und was meinen Blick schon von weitem blendete, war ein nachtschwarzer Mantel von schimmerndem Glanz. Über (...) den Mantel selbst waren funkelnde Sterne ausgestreut, und in der Mitte flammte der Vollmond in seiner ganzen Pracht. Rings um den ganzen Saum des herrlichen Mantels zog sich ein ununterbrochenes Rankwerk aus Blumen und Früchten aller Art. Und welche Attribute führte die Göttin!...«

In dem lateinischen Roman des Apuleius spricht die Göttin Lucius an:

»Ich bin dir erschienen, ich, die Mutter der Schöpfung, Herrin aller Elemente, Keimzelle der Geschlechterfolge, höchste Gottheit, Königin der Geister, Himmelsherrin und Inbegriff der Götter und Göttinnen, deren Wink des Himmels strahlende Höhen, des Meeres wohltätiges Walten und der Unterwelt vielbeweintes Schweigen gehorchen...«

(aus: Lucius Apuleius, »Der goldene Esel«)

Die Erde im Volksglauben und Volksbrauch

Auch im Volksglauben und Volksbrauch klingt die Vorstellung der Magna Mater noch lange nach, insbesondere in der Figur der Frau Holle, Frau Hulda, Holda-Berchta (»berht« oder »peraht« bedeutet »glänzend« oder »leuchtend weiß«).

»Ihr Wesen verliert sich in das Dunkel der Frühzeit, aus dem sie als Gode, Gute, Göttin, niederschwebt, als Erdmutter gleichsam (...) Sie erscheint als Mutter, Mutter zahlloser Kinder, (...) immer als Schutzgottheit (...) Sie selbst flog oder fuhr, letzteres entweder auf einem Wagen oder Räderschiffe auf der Erde, oder frank und frei durch die Lüfte fahrend (...) Am Rheine fand sich ein Römerdenkstein mit der Aufschrift ›Dea Hludana‹. Welche andere Göttin, als unsere Hulda, könnte unter dieser Benennung verstanden sein?«

(Ludwig Bechstein)

Der Sage nach hält sie einen jährlichen Umzug, der dem Lande Fruchtbarkeit bringt, wo sie erscheint, vermehren sich die Herden, den Frauen schenkt sie Gesundheit und Fruchtbarkeit. Frau Holle vereinigt viele Merkmale der alten großen Muttergöttinnen in sich.

Viele Sitten und Volksbräuche, die sich in ihrer Vorstellungswelt in den Märchen und Sagen niederschlagen, thematisieren die Heiligkeit und Lebenskraft der Erde:

Der Glaube, daß die Geister (Seelen) der Kinder aus der Erde hervorkommen, spiegelt sich in den Märchen und Sagen von den *Kinderbrunnen* wider oder in der Vorstellung, die Ungeborenen schliefen in Trögen tief im Bergesinneren, gehegt von einer numinosen weiblichen Gestalt.

»Wohlan, zwei Rätsel habt Ihr gelöst, nun merkt auf das dritte. Wer ist die Mutter, welche, nachdem sie ihre Kinder geboren und genährt hat, sie wieder in ihren Schoß aufnimmt?« Und er erwiderte: »Diese Mutter ist die Erde, die Menschen sind aus ihr geboren, sie werden von ihr genährt, und wenn sie sterben, so kehren sie wieder in ihren Schoß zurück!«

(aus: »Die Drei Rätsel«, Märchen aus Wälschtirol)

Die Große Göttin, die Gebärerin, erscheint in der Figuration der Frau Holle oder Perchta. »Neugeborene kinder holen die hebammen aus frau Hollenteich« (*Grimm*).

Diese Erdverbundenheit des neuen Lebens zeigt sich auch in dem uralten, über die ganze Welt verbreiteten Ritual der *Niederkunft auf bloßer Erde* (humi positio) oder dem Brauch, das neugeborene Kind auf die nackte Erde zu legen.

Berichte von Kulturheroen, die aus Lehm, aus Erde, die ersten Menschen formten, sind in vielen Teilen der Welt bekannt. Prometheus wußte, daß »im Boden der Samen des Himmels schlummere«, darum nahm er feuchten Ton und formte daraus eine Gestalt nach dem Ebenbild der Götter.

Da man sich die Erde häufig als Göttin vorstellte, mußte man sorgsam und ehrfürchtig mit ihrem heiligen Körper umgehen, was auch bedeutete, daß beim Umgraben des Ackers Achtsamkeit geboten war. Kam die Erde mit Unheiligem in Berührung, so wurde sie unfruchtbar:

»Wo des Teufels Fuß die Erde berührte, versengte er das frische Gras und trat tiefe Stapfen, die stehenblieben und nie mehr mit Gras bewuchsen.«

(aus den Sagen der Brüder Grimm).

Im russischen Volksglauben war die Gestalt der »Mutter Feuchten Erde«, als Symbol des Lebens und der Fruchtbarkeit, noch lange lebendig. Als Hüterin des moralischen Prinzips leidet die Erde unter dem Bösen. In einem Gesang klagt die »Mutter Feuchte Erde« vor Gottes Thron:

»Also klagt und weint bitterlich
die Mutter Feuchte Erde vor Gott dem Herrn:
Schwer ist es, die Menschen auf mir zu tragen,
Schwerer noch ist es, die Menschen in mir zu
    ertragen,
Die Sünder und Ungerechten.«   *(Andrej Sinjawskij)*

Auch die jüdische Überlieferung kennt das Bild der perso-
nifizierten zürnenden und strafenden Erde:
»Als Kain seinen Bruder noch nicht erschlagen hatte,
brachte die Erde ebensolche Früchte hervor, wie die
Früchte des Paradieses gewesen waren, aber seit dem Tage,
an dem Blut auf ihr vergossen wurde, wuchsen Disteln
und Dornen empor, denn das Angesicht der Erde wurde
traurig, ihre Freude war verloren, der Flecken auf ihrer
Stirne.«   *(Dähnhardt, Sagen zum Alten Testament)*

Schrecklich rächt sich die Erde, wenn sie durch einen
Mord, ein falsches Urteil oder einen Fluch beleidigt
wurde:
»Da hat auf eine Zeit ein Bauer geschworen, der Acker
gehöre sein; alsbald öffnete sich der Erdboden unter seinen Füßen, und er versank.«
    (aus den Sagen der Brüder Grimm)

Da die Erde als selbsttätige Kraft, als Gottheit, betrachtet
wurde, sah man sie auch als Quelle der Kraft an. Die Erd-
berührung verlieh Stärke und Segen. So war es in Rußland
Brauch, sich beim ersten Donnerschlag im Frühling vor
der Erde zu verneigen, das Kreuz zu schlagen und sie zu
küssen.
Das Küssen der Erde schlichtete auch Streitigkeiten und
galt als Schwur. Manchmal wurde dabei sogar eine Handvoll Erde in den Mund genommen und hinunterge-
schluckt.

Im Volksglauben wird der Erde auch Heilkraft zugesprochen. Mircea Eliade berichtet von dem verbreiteten Brauch, einen Kranken in eine Höhle – die als Symbol des Mutterleibes gedeutet werden kann – zu legen. Die Heilkraft der heimatlichen Erde veranlaßte viele Menschen, eine Handvoll Ackerkrumen bei einer Reise oder einer Umsiedelung mit sich zu nehmen.

So hat die Erde auch magische Eigenschaften. Sie kann sprechen oder selbsttätig werden, zum Beispiel einen Mörder entlarven oder ihn bestrafen, indem sie ihn verschlingt. Sie kann aber auch Unheil abwehren: In Rußland wurde bei Seuchen die uralte Zeremonie des »Umpflügens« angewendet. Sie wurde ausschließlich von Frauen ausgeführt, die sich nachts in bloßen Hemden und mit gelöstem Haar versammelten und mit einem Pflug einen magischen Kreis ums ganze Dorf zogen, so daß die geheime Kraft aus der Erde aufsteige und gegen den Tod eine undurchdringliche Schutzmauer bilde.

Die Erde ist auch Spenderin von vielerlei Reichtümern. Im Dunkel der Berge lagern die Erze und Edelsteine und vergrabenen Schätze. Erdmännlein und Zwerge hüten die Erdkostbarkeiten und lehren die Menschen, daß der Segen von unten, aus der Tiefe der Erde kommt. Die Erde ist die Substanz der Verwandlung: Aus einer Handvoll Erde wird Gold.

Die Erde im Volksmärchen

Viele dieser Motive aus Volksbrauch und Volksglauben werden im Volksmärchen erzählerisch ausgestaltet.

Nicht nur Volksglaube und Mythos, sondern auch das Volksmärchen stellen die Erde als numinose göttlich-weibliche Kraft dar. Die Bildnisse der Großen Göttin in den alten Kulturen spiegeln den Archetypus der Großen

Mutter in ihrem guten und furchtbaren Aspekt wider. Mythen und Märchen sind Träume der Völker, in Mythen und Märchen gelangt Unbewußtes zu einer Darstellung seiner selbst. Die »Große Mutter« kann in ihren verschiedenartigen Erscheinungsformen auch als ein Hauptsymbol des sich selber darstellenden weiblichen Unbewußten aufgefaßt werden.

Die Erde als Große Göttin

Das Märchen personifiziert die Erdmutter, die »terra mater«. In vielen schillernden Gestalten des Märchens erkennen wir die Verwandlungskraft der Erdmuttergöttin wieder. Wie im Mythos erscheint sie in ihrer Dreigestalt – als Mädchen, Geliebte und Alte.

– Sie ist die geheimnisvolle Frau, die in einer Höhle, von Bienen bedeckt, schon viele Tausende von Jahren schläft und dennoch das Schicksal der Menschen kennt. Sie ist die Schicksals- und Lebensgöttin, denn sie schenkt Fruchtbarkeit durch ihre Gaben (»Die Bienenfrau in der Höhle«).

– Sie ist die Dòna Kenìna, die schönste aller Frauen, die in einem Eispalast hoch in den Bergen regiert. Sie ist die Vegetationsgöttin, denn sie schläft mit ihrem auserwählten Geliebten auf einem Eisbett, bis der Frühling kommt und das Leben neu erwacht (»Der Eispalast der Dòna Kenìna«).

– Sie ist die unsterbliche Liebesgöttin, die ewig Junge und Schöne, die Leben und Lust, aber auch den Tod schenkt und den nach Unsterblichkeit Suchenden das Glück der Endlichkeit des Lebens lehrt (»Die Erde will das Ihre haben«).

– Sie ist die jungfräuliche Artemis, die auf dem Hirsch reitet, die im Frühjahr – gleich Demeter – aus ihrer unterirdischen Wohnung heraufsteigt und über Pflanzen und Tiere

175

herrscht. Sie hütet das Geheimnis der Geburt, in ihrer Höhle birgt sie die Ungeborenen, die sie mit Honig nährt (»Die Schlüsseljungfrau«).

– Sie ist Frau Holle, die in der Gestalt einer Taube Fruchtbarkeit und Segen spendet. Die Große Göttin Ischtar legte als weißes Vogelweibchen das Weltschöpfungsei. Das Hoheitszeichen der Großen Göttin ist der Thron, die Taube ruht auf einem goldenen Stühlchen (»Die Taube mit dem goldenen Stühlchen«).

– Sie ist die dreigestaltige Große Mutter, die Heilige Mutter, die Wochentage Mittwoch, Freitag und Sonntag zeichnen sie als Herrin über die Zeit und das Schicksal aus, ebenso ihre Geschenke – das goldene Spinnrad und die Haspel. Alle großen Göttinnen waren Spinnerinnen, Schicksalsgöttinnen, die den Lebensfaden, das Gewebe des Lebens wirkten (»Die drei Gestalten der heiligen Mutter«).

– Sie ist die dämonische Hexe und zugleich die strahlend gute Fee oder Göttin, die Häßliche und die Schöne, die Gute und die Böse. Auf Bali verkörpert die böse Hexe Rangda/Dewidurga den dunklen Aspekt des Weiblichen, der aber nie ausgeschaltet werden kann: Die Göttin kann auch die Gestalt der Hexe annehmen. Im Weiterbestehen Dewidurgas/Rangdas offenbart die Göttin ihre tiefste Beziehung zu Leben und Tod (»Die Blumen der Hexe Dewidurga«).

– Sie ist auch im japanischen Kulturbereich eine jungfräuliche Vegetationsgöttin, die unter strengem Tabugebot das Geheimnis des Lebens, das Keimen und Wachsen und Reifen der Reispflanze, hütet. Die Kommode hat hier die Bedeutung eines verschlossenen Heiligtums, der »Kiste« ähnlich, die bei den Eleusinischen Mysterien, die der Demeter geweiht waren, verehrt wurde (»Das Geheimnis des Pflaumenblüten-Mädchens«).

– Als Herrin über Himmel und Erde, über Quellen und

Flüsse, als Regentin der Unterwelt, als Ursprung und Schöpferin allen Lebens, ja als Schicksalsfee tritt sie uns im Märchen gegenüber.

Die Erdgeister

Im Dunkel der Erde, verborgen vor den Augen der Menschen, liegt das prächtige und mit unermeßlichen Kostbarkeiten ausgestattete Reich der Unterirdischen. Erdgeister und Erdwesen aller Art, Zwerge und Trolle, Elben und Elfen, Erdmännlein und Erdweiblein sammeln und hüten die Schätze der Erde, Gold, Silber und Edelsteine, aber auch Früchte, Heilpflanzen und Kräuter.

Bis auf die nordischen Trolle, die böse und gleich gefährlichen Ungeheuern die Berge und Höhlen bevölkern (»Die Prinzessin im Berge«), sind die Zwerge meist hilfreich und dem Menschen gut gesonnen, bescheiden und lichtscheu.

Kinder, Arme und Hilfsbedürftige (»Die Himmelschlüsselchen«; »Fingerhütchen«; »Die Zwerge im Perlberg«) scheinen den geheimnisvollen Zugang zu dem verborgenen Erdreich leichter zu finden – ihnen öffnet sich der dunkle Erdhügel, und die Elfen und Unterirdischen schenken ihnen unermeßlichen Reichtum, Gesundheit und Glück (»Die Unterirdischen«; »Das Berggeistl«).

Die Erdwesen verfügen über besondere Fähigkeiten und Zauberkräfte. Die Nebelkäpplein der Zwerge (»Zwergenmützchen«) können unsichtbar machen und geben dem Menschen die Macht über das unterirdische Reich. Scheinbar wertlose Gaben der Erdwesen, wie zum Beispiel Kohlestückchen, Strohhalme oder Wurzeln, verwandeln sich für den Bescheidenen in Gold und Silber, oder sie entwickeln Zauberkraft (»Das Erdmännle und die Hebamme«; »Die Gottwergini«).

Das freundliche Abkommen zwischen Mensch und Unterirdischen entbehrt nicht einer bestimmten Komik: Ein

Bauer muß seinen Stall an eine andere Stelle verlegen, da dem »unterirdischen Nachbarn« die Kuhfladen auf den Tisch fallen.

Immer wieder erzählt das Märchen von der Verbindung eines Erdgeistes mit einem geliebten Menschenwesen. Una, die schöne Elbenfrau, bringt dem Bauern Glück und Wohlstand, solange er ihre Tabugebote einhält (»Una das Elbenmädchen«). Auch die Erdweiblein, die beim Ernten, Spinnen und Backen dem Bauern helfen, sind scheu und wollen nicht beobachtet werden (»Erdleute und Erdweiblein«).

Eine außergewöhnliche Variante einer Verbindung zwischen Erdgeist und Mensch stellt das Märchen »Der Sellerie« aus Wälschtirol dar: Der als Erdknolle, als Sellerie, ins Erdreich Verbannte und Verhexte zieht seine Erlöserin mit Gewalt ins Erdreich hinunter.

Die Erde als selbsttätige Kraft

Im Märchen wird die Erde noch als mächtige numinose Kraft aufgefaßt, die gleich der Großen Göttin im Mythos Leben erschafft und beschützt. Der Mensch, der gegen die heiligen Gesetze des Lebens verstößt – die Gaben, welche die Erde hervorbringt, verschwendet und Leben tötet –, wird von der schrecklichen Rache der Göttin getroffen: Sie öffnet ihren riesigen Schlund und verschlingt den Frevelnden.

Neben der schützenden Höhle der Erde und des Berges klafft der Abgrund, das dunkle Loch der Tiefe. In furchterregender Gleichartigkeit treten uns in allen Märchen und Mythologien die archetypischen Bilder des Todesaspekts der Erdmuttergöttin entgegen. Symbolisch wird der Schoß der Erde, welcher alles Leben und Lebendige gebiert, zum tödlich verschlingenden Maul der Unterwelt. Der reiche Senn, der die Fruchtbarkeit der Erde mißachtet, die Gaben der Erde – Brot, Käse und Milch – sinnlos verdirbt, wird vom herabstürzenden Berg samt seiner Alm begraben (»Die Blümlisalp«).

Den Knaben, der einen Brotfrevel begeht (»Ein Spötter versinkt in der Erde«), zieht die Erde mit unwiderstehlicher Gewalt in die Tiefe. Diese Sage stellt die magische Kraft der uralten Göttin noch ungebrochen gegenüber dem christlichen Glauben dar: Auch der Geistliche kann nicht verhindern, daß die Erde den Knaben spurlos verschlingt.

Korn, Milch und Früchte galten als heilige Opfergaben, die der Erdmuttergottheit geweiht wurden; Demeter als Erd- und Fruchtbarkeitsgöttin *ist* das Korn; ihr Symbol, die Kornähre, ist auf allen antiken Abbildungen zu finden. In der Grimmschen Sage »Der Erdfall« ist die uralte Beziehung zwischen dem heiligen Korn und der Erdgöttin noch erhalten: Der Brotfrevel verletzt den Erdkörper der Göttin, so daß Blut aus dem Brot fließt. Hier und in der Sage »Der Brautbrunnen« taucht das archetypische Bild des In-die-Erde-Verschlungenwerdens auf.

Die Erde als selbsttätige rächende Kraft findet ihre Ergänzung in dem lebenschaffenden Aspekt der Erdgöttin. Die Erde bringt aus sich heraus das Leben hervor: Ein Wunderbaum wächst ohne Samen aus der Erde, dem Welt- und Schicksalsbaum Yggdrasil gleich, der Himmel, Erde und Unterwelt mit seinen Wurzeln und Ästen umspannt. Er ist zugleich Symbol des unendlichen Raumes, der unendlichen Zeit. Die sieben Hexen, in Höhlen hausend, symbolisieren die sieben Wochentage.

Die Erde selbst gebiert Menschen, wie der griechische Mythos erzählt: Aus Drachenzähnen, die der Drachentöter Kadmos auf Geheiß der Göttin Pallas Athene in die lockere Erde der Ackerfurchen gesät hat, wachsen bewaffnete Krieger, die »Erdentsprossenen« (»Kadmos«).

Der Schoß der Erde, die Erdhöhle, bietet Schutz und Sicherheit. So bleibt »Die Prinzessin in der Erdhöhle« sieben Jahre in dunkler Erdeingeschlossenheit am Leben, bis ihr Geliebter sie findet.

Erdtiere

Die Große Göttin ist nicht nur eine Vegetationsgöttin, sondern auch Herrin der Tiere. Zwischen ihr und der Tierwelt besteht kein feindlicher Gegensatz, sie herrscht über wilde und gezähmte Tiere, sie selbst zeigt sich in vielerlei Tiergestalt.

Die Göttin wird schlangen- und vogelköpfig, aber auch geflügelt dargestellt, in Sumer und Ägypten erscheint sie als Kuhgöttin.

Die ägyptische Mutter- und Erdgöttin Isis, menschengestaltig, trägt zwischen ihrem Kuhgehörn auf dem Kopf die Sonnenscheibe. Von ihr heißt es:

> »Ich bin Isis, ich bin das All,
> das Vergangene, Gegenwärtige und Zukünftige,
> meinen Schleier hat noch kein Sterblicher gelüftet.«

Die Gestalt der Isis prägte viele andere Muttergöttinnen, so daß sie als Universalgöttin noch in hellenistisch-römischer Zeit im gesamten Raum der Antike verehrt wurde. Die Griechen haben sie mit Demeter gleichgesetzt; als Mutter, die Harpokrates stillt, ist sie Vorbild unserer Madonna (nach E. Brunner-Traut).

Auch die ägyptische Hathor, Göttin der Liebe, des Tanzes und des Rausches, wird manchmal mit Kuhohren oder -hörnern oder in Gestalt einer Kuh dargestellt. Die sieben Hathoren entsprechen den griechischen Moiren, den Schicksalsgöttinnen.

Häufig wird auch Isis, »die Große, die Mutter des Gottes«, mit Hathor und der Himmelskuhgöttin Nut gleichgesetzt. Nach uralten ägyptischen Schöpfungsvorstellungen tauchte vorzeiten diese Göttin als gewaltige Kuh aus der Urflut auf, welche die Sonnenscheibe und alle Gestirne zwischen den Hörnern trägt.

Die Schlange war in der Antike »das allergeistigste Tier« (Philo v. Byblos). Die sich häutende Schlange war Symbol der Wandlung und Gesundung, des ewigen Kreislaufs des Lebens.

Die Schlange als chthonisches Tier gehörte in den ältesten matriarchalischen Zeiten zu den lebenschaffenden Mächten. Die Priesterinnen der großen Erdmutter in Kreta tragen alle das Schlangensymbol. Die Schlange ist nicht giftig und zerstörerisch, sondern in der Hand der Göttin gezähmt und heilig.

So hält die berühmte kretische Erdgöttin zwei Schlangen in ihren hocherhobenen Händen (Majolikastatuette, 1600 v. Chr., Heraklion). Auch die nordische Erdgöttin Nerthus wird häufig mit einer zusammengerollten Schlange in der Hand dargestellt.

Eine ägyptische Münze aus dem 1. Jahrhundert v. Chr. zeigt Isis von zwei mächtigen, sich aufrichtenden Schlangen umgeben.

Die vorgeschichtliche Schutzgöttin von Unterägypten, Uto, die Uräusschlange (Kobra), galt als Sinnbild und Wappenzeichen. Bei den Prozessionen während den Isisfesten, die noch in griechisch-römischer Zeit gefeiert wurden, trug die ägyptische Oberpriesterin eine lebende oder bronzene Uräusschlange um den Arm gewunden.

Die Schlange symbolisiert als heiliges Attribut der Großen Göttin auch ihren dunklen Todesaspekt. Die aztekische Erdgöttin Coatlicue trägt einen Schlangenrock, die griechischen Gorgonen, schlangenhaarige, geflügelte Ungeheuer, haben Schlangen um ihre Lenden geknotet, Hekate, Herrin des Schicksals und des Totenreiches, wird als »schlangenumwundene Göttin« bezeichnet.

181

Die außergewöhnlichen Schlangenreliefs an den alten Säulen einer frühromanischen Krypta (6. Jh.) in Lanmeur, Bretagne, in der ebenfalls eine Quelle entspringt, deuten vielleicht auf eine alte Kultstelle einer Quellgöttin hin (Tempel und Quellheiligtümer wurden häufig von christlichen Kirchen überbaut).

Die Kröte, der Frosch, ist ebenfalls ein chthonisches Tier und ein Symbol für die Erdkräfte der Lebensentstehung, des Wachsens und Werdens. Die Kröte ist ein Wandlungssymbol, an ihr ist die Metamorphose vom Wassertier zum Landtier deutlich zu beobachten. In der Spätzeit sieht man in ihr auch ein Symbol der Wiedergeburt.

Auf der ganzen Welt gibt es Volkserzählungen, Märchen und Mythen vom Frosch: in China, Japan, Indien, bei den Indianern und auch bei vielen europäischen Völkern. Meist steht der Frosch im Zusammenhang mit Sexualität, Zeugung und Geburt. (In der Grimmschen Fassung von »Dornröschen« weissagt der Frosch der Königin im Bade die baldige Geburt einer Tochter!)

Der Frosch ist auch das heilige Tier der ägyptischen Geburtsgöttin Heket. In Text und Bild mehrerer ägyptischer Tempel ist die wunderbare Zeugung und Geburt des Pharao (15.–11. Jh. v. Chr.) dargestellt. Eine Szene zeigt den widderköpfigen Töpfergott Chnum, wie er den Lebensgeist des zu gebärenden Kindes auf der Töpferscheibe formt, während die froschköpfige Göttin Heket das lebenspendende Henkelkreuz darreicht (nach Emma Brunner-Traut).

Ein weiteres Erdtier, das zum Umkreis der Großen Göttin gehört, ist die Spinne. Das feine und durchsichtige Spinngewebe ist ein Symbol für das Gewebe der Zeit und des Schicksals, das die Schicksalsgöttinnen – die Moiren (Parzen und Nornen) – spinnen und weben. Sie treten in der Dreizahl auf, was unter anderem auch die Zeitstufen des Werdens, Geburt – Leben – Tod, symbolisiert. Sie waren bei der Geburt eines Kindes mit Verwünschungen und Segenssprüchen anwesend, die sich zum persönlichen Schicksal des Neugeborenen verwoben. So erscheinen sie auf einem römisch-zypriotischen Mosaik »Das erste Bad des Achilles«: Klotho, die Spinnerin, Lachesis, die Loserin, und Atropos, die den Faden abschneidet (Villa des Theseus, Paphos, Zypern, 5. Jh. v. Chr.).

Alle großen »Weltmütter« bei den Griechen, Ägyptern oder auch in der nordischen Mythologie waren Spinnerinnen und Weberinnen. Dem Weiblichen zugeordnet sind die Attribute des Lebensfadens, der Spindel und des Webstuhls. Die uralten Göttinnen-Symbole der Spirale, des Kreises (z. B. die neolithischen Höhlenritzungen auf dem Tumulus von Gavrinis, Bretagne, 3000 v. Chr., und in dem Tempel Hal Tarxien, Malta, 2800 v. Chr.) und des Labyrinths (Knossos, Kreta, 1. Jh. v. Chr.) versinnbildlichen ebenfalls den Lebensfaden, den Lebensweg, den ewigen Kreislauf von Werden und Vergehen.

Diese archetypischen Bildsymbole der Erdtiere – der Kuh, der Schlange, der Kröte und der Spinne –, die sich in den Mythologien verschiedenster Kulturbereiche finden, sind in den Volksmärchen vieler Völker zum Teil überliefert und erhalten geblieben. Bezeichnenderweise repräsentieren diese Tiere im Märchen immer auch den Bereich der Großen Göttin, des Weiblichen, des Mütterlichen. Nur auf dem Hintergrund dieser alten mythischen Vorstellungen lassen sich die Kuh, die Schlange, die Kröte und die Spinne in ihrer symbolischen Bedeutung entschlüsseln.

Das älteste deutsche Märchen »Das Erdkühlein«, das im 16. Jahrhundert im Elsaß in Frühneuhochdeutsch aufgezeichnet wurde, weiß von einem geheimnisvollen Erdkühlein, das in einem Waldhäuschen wohnt und gleich einer guten Mutter – das Mädchen wird von der hartherzigen Stiefmutter verfolgt – Schutz, Zuflucht und Nahrung bietet. Der sprachliche Begriff dieses Märchentieres ist uns heute verlorengegangen. Goethe mag ihn noch gekannt haben, denn er schreibt in seinen Briefen von seinem »geliebten Erdkulin« – ein Kosename?

Auch andere Märchen, z. B. die schottische Aschenputtelvariante »Binsenkittelchen«, kennen die beschützende Muttergestalt der Kuh. Hinter dem Diminutiv »kleines, rotes Kälbchen« verbirgt sich die Große Göttin in Kuhgestalt, die unsterblich ist; sie trägt hier die Lebens- und Todesfarbe Rot. Das arme Mädchen wird von ihr genährt, gekleidet und beschützt.

Ein Laichplatz der Erdkröten – eine feucht-sumpfige Erdmulde, das seichte Wasser gefüllt mit Kaulquappen und Tausenden von kleinen und großen erdbraunen Kröten, die durcheinander- und übereinanderspringen: ein Bild überquellender Erdfruchtbarkeit! In der Schwarzwald-Sage »Die Erdkröte und die goldenen Taler« ist das Motiv der Metamophose in archetypischer Bildersprache dargestellt. Durch die Berührung mit der Erdkröte, die aus der Ackererde kriecht, verwandelt sich der Goldtaler in ein Vielfaches. Das Unglück und die Armut der Frau verwandeln sich in Reichtum und Glück. Die Erdkröte ist die uralte Erdgöttin selbst, die ihre Gestalt wechselt und in einer Vielzahl von schwarzen Katzen erscheint. (Die Katze ist das heilige Tier verschiedener Göttinnen; im alten Ägypten galt sie als Verkörperung der Göttin Bastet, in der nordischen Mythologie zieht ein Katzengespann Freyas heiligen Wagen, dessen Spuren das ganze Land mit fruchtbarem Grün schmücken.)*

Die drei Itschen (Kröten) in dem Grimmschen Märchen »Die drei Federn« tragen die Merkmale der großen alten Göttinnen: Sie sind die besten Weberinnen und Spinne-

---

* »Märchen von Katzen«, Hrsg. von Barbara Stamer, Fischer Taschenbuch Nr. 12546

rinnen und künden von dem dunklen Tief der Erde nicht
als dem Reich des Furchtbaren, sondern des Fruchtbaren
und des Ursprungs des Lebens.

Die Schlange als Attribut der großen Mutter-Göttin-
nen spiegelt sich in den Märchen wider: Mütterlich und
göttlich wunderbar sorgt die Krönlnatter für die Magd,
die ihr mitleidig Milch zu trinken gibt. Die Krönlnatter
schenkt der Magd ihr Krönlein, Symbol ihrer Macht und
ihres Reichtums (»Noch ein Märchen von der Krönlnatter«).

Das innige Bezugsverhältnis zwischen Schlange und
Kind (»Die Schlange und das Kind«) deutet ebenfalls auf
das Schlangensymbol der großen Muttergöttin hin.

Die mächtigen und numinosen Schlangen des südslawi-
schen Märchens »Die Höhle unter der Eiche«, die einen
Menschen in Sonnenstaub zermalmen können, erinnern
an den furchtbaren und todbringenden Aspekt der Großen Göttinnen, etwa der schlangenumwundenen Hekate.
Diese Schlangen wohnen in einer Erdhöhle am Fuße einer ungeheuer großen und dicken Eiche, gleich den
mächtigen nordischen Schicksalsgöttinnen, die im Dunkel der Wurzeln des Weltenbaumes Yggdrasil hausen.

Das Hoheitszeichen der Krone mit funkelndem Edelstein, das alle Mächte der Natur untertänig macht, zeich-
net »Die Schlangenkönigin« als Große Göttin aus. Sie ist
die Herrin der Natur, des Lebens und des Todes.

In dem Sieg des Königssohnes über die Schlangenkönigin
könnte sich auch der Prozeß der Ablösung vom Glauben
an die Großen Göttinnen, von der matriarchalischen zur
patriarchalischen Denkweise, widerspiegeln: »Das Reich
der Schlangenkönigin war zu Ende.«

In der arabischen Legende aus Malta »Das Spinngewebe
vor der Höhle« ist auf eindrucksvolle Weise christliches
Gedankengut mit dem uralten Göttinnensymbol der
Spinne verschmolzen.

Zum Schluß möchte ich all denjenigen danken, die zum guten Gelingen des Buches beigetragen haben.
Ganz besonders danke ich Sigrid Früh, Märchenerzählerin und Herausgeberin mehrerer Märchenanthologien, für ihren sachkundigen Rat bei der Auswahl der Märchen.

Dettenhausen/Tübingen
August 1997   *Barbara Stamer*

Quellenverzeichnis

Die Erde als Große Göttin

Die Bienenfrau in der Höhle
Von der Herausgeberin gekürzte und überarbeitete Fassung
von »Das schwarze, das rote und das weiße Haar«, Spanische
Märchen, Hrsg. von Harri Meier und Felix Karlinger, Köln
1961

Der Eispalast der Dòna Kenìna
Von der Herausgeberin gekürzte und bearbeitete Fassung von
»Tjan Bolpín«, K. Felix Wolf, Dolomitensagen, Bozen 1913

Die Erde will das Ihre haben
Kaukasische Märchen, ausgewählt und übersetzt von A. Dirr,
Jena 1920

Die Schlüsseljungfrau
Auszug aus: »Die Schlüsseljungfrau von Schloß Tegerfelden«,
Ernst L. Rochholz, Schweizer Sagen aus dem Aargau, Aarau
1856

Die Taube mit dem goldenen Stühlchen
Hans Wühr, Ewiger Sinn im zeitgebundenen Sinnbild, Stuttgart, o. J.

Die drei Gestalten der heiligen Mutter
Originaltitel: »Trandafiru«, Arthur und Albert Schott, Wala-
chische Märchen, Stuttgart 1845

Die Blumen der Hexe Dewidurga
Dieses balinesische Märchen wurde der Herausgeberin 1996
von dem Balinesen Agung Oka in Denpasar erzählt

Das Geheimnis des Pflaumenblüten-Mädchens
Aus dem Japanischen übersetzt von Fusako Klose

Die Himmelschlüsselchen
Katherine M. Briggs and Ruth L. Tongue, Folktales of England, London, o. J. Aus dem Englischen übersetzt und bearbeitet von Barbara Stamer

Fingerhütchen
Irische Elfenmärchen, übersetzt von den Brüdern Grimm, Leipzig 1826

Die Unterirdischen
Friedrich Kreutzwald, Ehstnische Märchen, Halle 1869

Una das Elbenmädchen
Hans und Ida Naumann, Isländische Volksmärchen, Jena 1923

Die Zwerge im Perlberg
Carl und Theodor Colshorn, Märchen und Sagen, Hannover 1854

Das Berggeistl
Gebrüder Zingerle, Kinder- und Hausmärchen aus Süddeutschland, Regensburg 1854

Der unterirdische Nachbar
Klara Stroebel, Nordische Volksmärchen, II. Teil Norwegen, Jena 1915

Die Prinzessin im Berge
Waldemar Liungman, Weißbär am See, Schwedische Volksmärchen von Bohuslän bis Gotland, Kassel 1965

Zwergenmützchen
Ludwig Bechstein, Deutsches Märchenbuch, Leipzig 1857

Das Erdmännle und die Hebamme
Ernst Meier, Deutsche Sagen, Sitten und Gebräuche aus Schwaben, Stuttgart 1852

Erdweiblein und Erdleute
Bernhard Baader, Volkssagen aus dem Lande Baden, Karlsruhe 1851

Der Sellerie
Christian Schneller, Märchen und Sagen aus Wälschtirol, Innsbruck 1867

Die Gottwergini
  J. Jegerlehner, Was die Sennen erzählen, Märchen und Sagen
  aus dem Wallis, Bern 1907

Die Erde als selbsttätige Kraft

Die Blümlisalp
  J. Jegerlehner, Was die Sennen erzählen, Märchen und Sagen
  aus dem Wallis, Bern 1907
Die Prinzessin in der Erdhöhle
  Waldemar Liungman, Weißbär am See, Schwedische Volks-
  märchen von Bohuslän bis Gotland, Kassel 1965
Ein Spötter versinkt in die Erde
  Otto Knoop, Ostmärkische Sagen, Märchen und Erzählun-
  gen, Lissa 1909
Der Erdfall
  Originaltitel: »Der Erdfall bei Hochstädt«, Jakob und Wil-
  helm Grimm, Deutsche Sagen, Berlin 1818
Der Zauberfelsen
  J. Jegerlehner, Was die Sennen erzählen, Märchen und Sagen
  aus dem Wallis, Bern 1907
Der Brautbrunnen
  Bernhard Baader, Volkssagen aus dem Lande Baden, Karlsruhe
  1851
Der Wunderbaum
  Theodor Vernaleken, Kinder- und Hausmärchen, Wien und
  Leipzig, 1896
Kadmos
  Gustav Schwab, Die schönsten Sagen des klassischen Alter-
  tums, Stuttgart, 1838–40

Erdtiere

Das Erdkühlein
Martin Montanus, Ein schön History von einer Frawen mit zweyen Kindlin, in: Ander theyl Gartengesellschaft, Straßburg 1560. Aus dem Frühneuhochdeutschen übersetzt und dem jetzigen Sprachgebrauch behutsam angepaßt (ungekürzte Ausgabe) von Barbara Stamer

Binsenkittelchen
Josef Jacobs, More English Fairy Tales, London 1894. Aus dem Archiv der Enzyklopädie des Märchens, Universität Göttingen. Aus dem Englischen übersetzt von Barbara Stamer

Die Erdkröte und die goldenen Taler
Originaltitel: »Das kostbare Geldmännle«, Steve und C. Sikkinger, Sagen aus dem Schwarzwald, in: Pforzheimer Zeitung, 9. 3. 1996

Die drei Federn
Brüder Grimm, Kinder- und Hausmärchen, Ausgabe letzter Hand, Göttingen 1857

Die Höhle unter der Eiche
Friedrich S. Krauß, Sagen und Märchen der Südslawen, Leipzig 1883

Noch ein Märchen von der Krönlnatter
Gebrüder Zingerle, Kinder- und Hausmärchen aus Süddeutschland, Regensburg 1854

Die Schlange und das Kind
Ernst Meier, Deutsche Volksmärchen aus Schwaben, Stuttgart 1852

Schlangenkönigin
Carl und Theodor Colshorn, Märchen und Sagen aus Hannover, Hannover 1854

Das Spinngewebe vor der Höhle
Oskar Dähnhardt, Natursagen, Band 1, Sagen zum Alten Testament, Leipzig und Berlin, 1907

Literaturhinweise

❦ ❦ ❦ ❦

Bächtold-Stäubli, Hanns (Hrsg.): Handwörterbuch des deutschen Aberglaubens, Berlin und Leipzig 1929/1930/1986

Brunner-Traut, Emma: Kleine Ägyptenkunde, Stuttgart 1991

Bolte, Johannes/Polivka, Georg: Anmerkungen zu den Kinder- und Hausmärchen der Brüder Grimm, Hildesheim, New York 1982

Burkert, Walter: Antike Mysterien, München 1994

Getty, Adele: Göttin, Mutter des Lebens, München 1993

Elisabeth Moltmann-Wendel/Maria Schwelien/Barbara Stamer: Erde, Quelle, Baum, Lebenssymbole in Märchen, Bibel und Kunst, Stuttgart 1994

Neumann, Erich: Die Große Mutter, Olten und Freiburg im Breisgau 1985

Ranke-Graves, Robert von: Griechische Mythologie, Hamburg, 1987

Ranke, Kurt (Hrsg.): Enzyklopädie des Märchens. Handwörterbuch zur historischen und vergleichenden Erzählforschung, Berlin/New York 1976ff.

Sinjawskij, Andrej: Die Mutter Feuchte Erde und die Muttergottes, in: Iwan der Dumme. Vom russischen Volksglauben, Frankfurt 1990

Treumann, Rolf: Die Elemente Feuer, Erde, Luft und Wasser in Mythos und Wissenschaft, München/Wien 1994

Ziegler, Konrat/Sontheimer, Walther: Der Kleine Pauly, Lexikon der Antike, München 1979

Zingsem, Vera: Der Himmel ist mein, die Erde ist mein, Göttinnen großer Kulturen im Wandel der Zeiten, Tübingen 1997

Märchen der Welt

THEMENMÄRCHEN

Musikmärchen
Herausgegeben von
Leander Petzoldt
Band 12463

**Orientalische
Frauenmärchen**
Herausgegeben von
Hannelore Marzi
Band 12652

**Märchen
von Riesen**
Herausgegeben von
Erich Ackermann
Band 11674

**Märchen von
Sonne, Mond
und Sternen**
Herausgegeben von
Ulrike Krawczyk
Band 12531

**Märchen von
Spiel und Tanz**
Herausgegeben von
Helga Volkmann
Band 12799

**Märchen
von Teufeln**
Herausgegeben
von Wilhelm Solms
und Sigrid Früh
Band 12219

**Märchen
von Tieren**
Herausgegeben von
Leander Petzoldt
Band 11943

**Märchen
aus Tirol**
Herausgegeben von
Leander Petzoldt
Band 13856

**Märchen von
Treue und
Freundschaft**
Herausgegeben von
Hannelore Marzi
Band 11933

**Venezianische
Märchen**
Herausgegeben von
Herbert Boltz
Band 13017

**Märchen
vom Wasser**
Herausgegeben
von Barbara Stamer
Band 12810

**Märchen
von Zwergen**
Herausgegeben von
Erich Ackermann
Band 12472

Fischer Taschenbuch Verlag

fi 1524 / 11 c